世界科普巨匠经典译丛·第四辑

醒来的森林

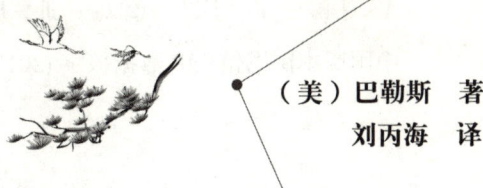

（美）巴勒斯　著

刘丙海　译

上海科学普及出版社

图书在版编目（CIP）数据

醒来的森林 /（美）巴勒斯 著；刘丙海译. —上海：上海科学普及出版社，2014.4
（2021.11 重印）

（世界科普巨匠经典译丛·第四辑）

ISBN 978-7-5427-5972-6

Ⅰ.①醒… Ⅱ.①巴…②刘… Ⅲ.①散文集—美国—近代 Ⅳ.①I712.64

中国版本图书馆 CIP 数据核字 (2013) 第 289511 号

责任编辑：李 蕾

世界科普巨匠经典译丛·第四辑

醒来的森林

（美）巴勒斯 著 刘丙海 译

上海科学普及出版社出版发行

（上海中山北路 832 号 邮编 200070）

http://www.pspsh.com

各地新华书店经销 三河市金泰源印务有限公司印刷
开本 787×1092 1/12 印张 14 字数 168 000
2014 年 4 月第 1 版 2021 年 11 月第 4 次印刷

ISBN 978-7-5427-5972-6 定价：32.80 元

本书如有缺页、错装或坏损等严重质量问题
请向出版社联系调换

目录
Contents

001 / 鸟儿都飞回来了

027 / 铁杉林中的鸟

051 / 阿迪朗达克山脉的鸟

069 / 鸟　巢

093 / 春天，去首都看鸟

119 / 桦树林中的冒险之旅

143 / 蓝　鸲

151 / 大自然的邀请

鸟儿都飞回来了

长刺歌雀

白眼翔食雀

冬鹪鹩

蓝鸲

灰冠山雀

棕林鸫

在我们生活的北方，春天是从3月中旬开始的。到6月中旬，甚至到夏至，我们仍然能够享受到春天和煦的阳光。那时，树上的嫩芽和细小的枝条也就逐渐粗壮起来，而小草也日渐茁壮，不见了刚刚拱出地面时的水嫩。

春天，是鸟儿归来的时期。那些相对能忍受寒冷，而且尚未被完全驯化的鸟儿，比如歌雀和蓝鸽，通常在3月就飞回来了；而那些比较稀有，羽毛也更漂亮的林鸟，却要到6月才会飞回来。

正如季节对鲜花的格外眷顾，季节的每一个时令也会对某种鸟儿格外垂青。蒲公英会告诉我什么时候去寻找燕子；紫罗兰会告诉我什么时候去寻找棕林鸫；当看到延龄草开花时，我知道那是春天来了。但是，延龄草开花，并不代表知更鸟刚刚苏醒，因为他已经醒来好几周了，因此，延龄草开花，代表的是整个宇宙的苏醒、整个大自然的复苏。

然而，鸟儿们的行踪多少有些神秘，并时常让我们感到惊奇。当我们早晨来到林中时，根本别想听到棕林鸫和绿鹃一丁点儿的叫声；但不一会儿，丛林中，甚至每一棵树中间，都回荡着他们的歌声；再一会儿，却又是一片寂静了。在此期间，有谁看见鸟儿飞来了呢？又有谁看见鸟儿飞走了呢？

你看那只活泼的小冬鹪鹩，他在篱笆墙上跳上跃下，时而躲到那边的垃圾下面，时而又跳到几英尺之外。他是如何挥舞着自己弧形的小翅膀，飞过千山万水，总是在每年的同一时间到达这里的？

我还记得，在去年8月份时，我曾在阿迪朗达克山脉的森林里见到过他，他对事物充满了好奇心。但仅仅几周之后，我就又在波托马克河畔看到了他，还是这只喜欢多嘴的、顽强的家伙。他是如何穿越整片的森林来到这里的呢？

是轻松地飞跃过来，还是使出浑身解数，拼命舞动壮实的身体，凭借无畏的勇气和毅力，战胜黑夜和严寒才来到这里的呢？

看那只蓝鸫，他的腹部是土地的颜色，身上却犹如蓝天般湛蓝——难道他在3月的明朗天气突然降临，只是为了温柔而多情地告诉我们，春天已经到来了吗？确实如此，在春天这个所有鸟儿都飞回来的时期，没有哪种情景能比这只小蓝鸟的出现，或者说当他出现时表现出的袅袅嘤嘤，更让人感到好奇，更富有启示意义。

刚开始，你只能听到这种鸟儿奇妙的声音，好像是凭空传来的，无从寻找出处；到3月的某个清晨，你会听见他更为美妙的歌喉，而且也更加接近，却说不清楚来自哪个方向。他的现身是突如其来的，就像没有乌云的天空突然下了一点雨，而你所能做的，就只是望着、听着，什么也做不了。

然而，天气的变化是难以捉摸的，或许会出现降雪，从而短时间内会再度寒冷。那么，要想再听到蓝鸫的鸣叫声，就要等到一周之后了。到那时，或许我会看到他正落在篱笆墙上，挥舞着翅膀，冲着配偶欢快地鸣叫，而他们的数量也会越来越多，鸣叫声也更加频繁了。他们轻快地到处飞翔，毫无顾忌，鸣叫声似乎也变得更为骄傲和欢快，直到找到谷仓或马厩。他们在谷仓和马厩的上空盘旋，带着疑问的神态，透过马厩的窗户，小心翼翼地张望鸽子的窝，审视马厩中间腐朽的树木，以期能找到合适的栖身之所。

除蓝鸫外，还有知更鸟、鹪鹩、燕子，也想在这里安家，于是他们在是否强行入住鸽子的领地这个问题上，爆发了激烈的争吵和战争。但随着季节的逐渐推移，他们最终放弃了原来的征服方案，心平气和地去了偏远的原野，并在那里居住下来，因为那里是他们的老家。

在蓝鸫之后归来的，是知更鸟。有的知更鸟在3月归来，但在绝大多数地区，

4月才是知更鸟的归来之月。他们成群结队地从远方归来,飞过原野,飞过丛林。人们总能在草原、牧场或者在半山腰上,听到他们啾啾的鸣叫声。倘若你行走在树林中,可以听到他们的歌声在空中回响,可以听见他们的翅膀煽动树叶发出的响声。他们异常快活和欢喜,不停地跑啊、跳啊、叫啊,时而从空中俯冲下来,时而互相追逐着在林间穿梭。

在新英格兰和纽约州的很多地方,知更鸟仍然沿袭着产糖的传统。这可能也是人们喜欢他们的原因之一。不过产糖对于他们来说,几乎算不上是工作,因为他们总是一边玩耍一边就捎带干了。如果是在晴朗的日子里,你随便在哪处空地上都能看到他们的身影,听到他们的歌声。

当太阳快要落山时,知更鸟会神情庄严地站在枫树顶上,昂着头,唱起最朴素的歌曲。尽管此时的天气仍然带着寒气,但他们却执意在粗壮、安静的枫树上栖身。可以说,一年当中所有鸟儿的歌声,都不及他们的歌声甜美,再加上四周适宜的景色,这就更让人们对他们的歌声翘首以盼了。他们的歌喉是那么圆润,他们的歌声是那么单纯,正是他们的啼叫声,打破了沉闷的冬季,为漫漫严寒画上了句号。

知更鸟是我们这里土生土长的鸟儿,与那些外邦来的鸟儿相比,比如拟鹂鹛、玫瑰胸大嘴雀等,跟我们更为亲近。他们胆识过人、喜欢喧闹、生性活泼、爱好和平,翅膀强劲有力,生活习性跟本土其他鸟儿差不多。可以说,知更鸟是鸫类的先驱,他为其他鸫类艺术家的到来吹响了前奏。

尽管知更鸟有着卓越的劳动技巧,艺术家般的高贵品位,但在筑巢方面却让人不敢恭维。看那些土里土气、建筑粗糙的泥瓦活,我真不愿意相信那是知更鸟的作品。再看看对面蜂鸟精致的小巢,更让我觉得知更鸟在筑巢方面缺乏天赋。

蜂鸟是一种珍贵的鸟儿，而其巢也堪称精美绝伦。蜂鸟的巢主体是一种白色的物质，类似于毛毡，可能是什么花草上的绒毛或什么昆虫身上的细毛。这种白色物质跟那些长着青苔的树枝搭在一起，十分协调，用很细的丝线编织在一起。

　　对于知更鸟来说，因为他拥有漂亮的外表和卓越的音乐才能，难免会让我们产生他也拥有精致的住所的想法。我认为，他的巢至少要像极乐鸟的巢那样清洁、漂亮，因为极乐鸟的歌声是那么刺耳，与知更鸟的小夜曲相比，简直就是下里巴人和阳春白雪。还有，他们的歌声也远不及知更鸟的动听，但他们的巢却像罗马富丽堂皇的别墅，而知更鸟的巢也就算得上是乡下的茅草屋。

　　悬于空中的鸟巢，代表的是其特有的品位。鸟儿们将巢筑在大树的细枝上，任其随风飘荡。但让人不解的是，为什么知更鸟长着翅膀，却害怕从空中掉下来呢？为什么他们要把巢建在很低的地方？要知道随便哪个小孩都能够到。不过，如果我们从知更鸟的秉性来解释这件事，就不难理解了：知更鸟是普通人中的一员，而绝不是贵族中的一员，所以对于他们的筑巢技巧，我们要求更多的应该是稳定性，而不是高雅性。

　　除知更鸟外，菲比霸鹟（翔食雀的先驱）也在4月归来。不过，她归来的确切时间却不固定，有时比知更鸟早，有时比知更鸟晚。对我来说，她给我留下了美好的回忆。很多年以来，我总是在复活节期间的某个明媚清晨，在以耕地为生的乡下发现她。她有时在谷仓上，有时在草棚上，摇头摆尾，以此来宣告她的到来。或许，你听到过蓝鸲哀伤思乡的歌唱，听到过歌雀委婉动听的啼鸣，却不一定听到过菲比霸鹟的歌声，它是那么清脆、欢畅、自信满满，好像在告诉人们自己又一次的归来。

　　当她停止歌唱时，便会展翅跃入空中，旋转着绘出圆形或椭圆形的图案，看上去好像在寻找食物，但我认为，这更多的是在炫耀舞姿，好弥补她在歌唱上的不足。通常，朴实的装扮更能显示歌唱的卓越，如果以此来评判菲比霸鹟，那她无疑是最为卓越的歌唱者。她全身的羽毛都呈灰白色，再朴实不过了，而且，她的体形也跟"完美身材"相差甚远。不过，她的如约而至，她的礼貌有加，她的和蔼可亲，完全可以让人们忽略她歌喉和外形上的不完美。几个星期之后，菲比霸鹟已经很少了，只能偶尔看见她从建在桥下或崖壁下的巢穴中飞过来。

金翼啄木鸟是4月归来的另外一种鸟，他也被称为"高洞鸟"、"弯嘴小啄木鸟"、"哑嘆鸟"。他的归来日期比红腹知更鸟晚一些，在春天和秋天会和后者相遇。作为我童年时的好伙伴，金翼啄木鸟的叫声对我而言意义特殊。一声悠扬而响亮的鸣叫声，从某个干树枝或篱笆墙上传来，旋律婉转动听，这便是金翼啄木鸟发出的春天之声。我记得，所罗门王在描述春天的良辰美景时，用的结束语是："斑鸠的声音回响在大地之上。"眼前农耕区的春天同样有着那样的特点，因此，也可以用类似的结束语："金翼啄木鸟的歌声回响在森林中。"

他的啼叫声浑厚而响亮，似乎并不期待得到回应，而只是表达自己的喜好，又或者只是为了歌唱而歌唱，而这无疑是他爱好和平的宣言。留心观察之后，我又有了重大发现，原来并非只有著名的鸣禽才会在春天发出鸣叫，大多数鸟都会发出特定的音调或声音，尽管不是那么完美，甚至跟完美和艺术相差甚远，却很特别。就好像"在闪亮的鸽子身边，鸢尾花反而更鲜艳"，正是因为有了鸽子的幻想曲，他那漂亮的表兄才蓬勃生长。

于是，"沉默的歌手"被全新的精神唤醒，他们不再沉默，而是轻轻地哼出了美妙的音乐。来亲耳听一下吧：灰冠山雀的歌声像哨声般清脆、甜蜜；五十雀的啼叫温柔而低沉，带着浓浓的鼻音；蓝鸫的歌声发颤，轻快而又多情；草地鹨的笛鸣悠远而响亮；鹌鹑像在吹口哨；松鸡则打着鼓点；燕子叽叽喳喳地不停叫唤……连母鸡发出的声音都那么亲切和温馨。

我相信，就算是猫头鹰也希望黑夜能充满音乐。春天里，所有的鸟都是或者终将是唱歌的好手。听到公鸡的啼叫声，我更加确信以上结论的正确性。虽然枫树的花不像木兰的花那么耀眼，但它终究是开花了。

很少有作家表扬麻雀的歌声，可是，只要是见过他停留在路边，竭尽所能地重复那支美妙歌曲的人，谁又能否认他曾是一个被人们忽视的歌唱家呢？谁听到过雪鹀的歌声？他的颤音非常好听，我曾在2月就听到过他痴狂的歌声。

同样，褐头牛鹂也具备这种音乐素质，而且毫不吝惜地表现了出来。他是一夫多妻制的崇尚者，所以每当他在最高的枝头休息时，总有两三个身穿青衣、面容姣好的女性跟在身旁。他总是在清晨吐露心声——这些音符从他嘴里潺潺流出，如泣如诉，很像往玻璃瓶里倒水的声音，微妙动听的音律，进入人们的耳畔。

对于普通啄木鸟来说，春天同样具有魅惑力。他们以最原始的方式表达自己对音乐的理解，这一点与皱领松鸡十分相似。3月，当世界尚且弥漫着冬天的寒意时，在一个晴朗而安宁的早晨，一声声清脆、带着回音的敲击声，从枯树干或枯树枝上传来，打破了清晨的宁静。这就是绒啄木鸟发出的春之声。在这安静而祥和的环境中，我心情愉悦，侧耳倾听。因为他的曲目总是在同一时节奏响，所以我认为完全不需要再借作家之笔去刻意渲染。我坚信，他的音乐技巧必然是很纯正的。

果然，"金翼啄木鸟"没有辜负我的期望，如期加入春之声的大合唱。他的歌声是他的绝技，是他在音乐方面造诣的直接体现。

我记得有一片糖枫树林，那里有一棵年岁已高的老枫树，它就像一个哨兵，守护着这片枫树林以及栖息在它身上的金翼啄木鸟。一年又一年，它那腐朽的树干是金翼啄木鸟最好的安身之所。

虽然距离筑巢正式开始还有一两周，但在这棵老枫树的树枝上，几乎每天早晨都会传来金翼啄木鸟的嬉笑声。他们三个一群两个一伙，欢呼雀跃，间或传出一两声轻鸣——这或许是他们在说情话，又或者是为什么事耳语——然后，响亮而清脆的鸣叫声接二连三传来，顷刻之间，嬉笑声、打闹声、尖叫声混杂在一起，透露出一种原始的野性，好像是什么事让他们情绪高涨。这种狂欢式的叫嚣和打闹，难道是他们的配对仪式吗？又或者只是他们在庆祝一年一度的"乔迁之喜"呢？对此，我不再深究，留给读者去判断。

与同类不同的是，金翼啄木鸟并不喜欢藏匿在树林的偏僻之所，而是喜欢在原野上或树林边逗留。这也使他的饮食习惯与同族迥异，他的食物大多来自土地，他以土地上的蚂蚁和蟋蟀为生。他不满足于只做一只啄木鸟，于是想方设法进入知更鸟和雀类的社交圈，并为此放弃了林中生活，转而投身于原野和草地，甚至不惜以果实和谷类为食。长此以往会出现什么结果？他对土地的热爱和对行走的热衷，会让他的腿变得更长吗？他把果实和谷类作为食物，会让他的色泽、声音变质吗？他与知更鸟的联姻，能否让他的歌喉更为出众呢？这或许是个值得达尔文深入研究的问题。

确实，最近两三个世纪以来，有什么能比鸟类的历史更吸引人呢？毋庸置疑，人的到来对鸟类产生了重大影响，而且是积极的影响，因为鸟类的生存繁衍离不开人类社会。据说，加州大多数鸟原来并不会叫，直到在加州安家才发出声音。

这难免引发我的猜想：土著印第安人听到的棕林鸫的叫声，与我们听到的他的叫声，是同一种声音吗？在北方还不是草地，南方还不是稻田的时候，刺歌雀在哪里玩耍呢？他们的身体是否也像现在这样柔软呢？他们是否也像现在这样快乐呢？他们的羽毛也和现在一样吗？还有燕子、百灵鸟、金翅雀，他们生性喜欢原野，讨厌树林，很难想象他们是怎样在荒无人烟的旷野中生存的。

转回正题。歌雀很惹人喜爱，作为在春天归来最早的鸟，还不到4月，他就已经回来了。他的歌曲淳朴素雅，给人以愉悦。

5月，属于燕子和黄鹂，但并不妨碍其他贵宾的到来。实际上，在5月最后一周到来之前，绝大部分鸟儿都会归来，只不过燕子和黄鹂最为扎眼。黄鹂的羽毛鲜艳无比，很像来自热带的鸟儿。他们从花丛、树丛中飞过，啾啾唧唧叫个不停，我经常整个上午都能听到他们的情歌。而燕子则逗留于谷仓上或屋檐下，叽叽喳喳地一边窃窃私语，一边建筑巢穴。树林中，树枝上才刚刚露出嫩芽，皱领松鸡已经敲响了鼓点；草地上，草地鹨的叫声很悠扬；黄昏时分，沼泽地、池塘边，蛙声此起彼伏。5月是连接4月和6月的桥梁，也是百花的生长期。

到6月时，所有的鸟儿都归来了，我们大饱了眼福，也就不再期盼什么了。尤其重要的是，我们看到了在季节的推移下，各种鸟儿的歌喉和羽翼从稚嫩趋于完美的过程。顶尖级的艺术大师都来到了这里，所有的鸫类无一缺席，知更鸟和歌雀也没有辜负大家的期望。

这时的我，拿起一束粉红色的杜鹃花，随便坐到哪块岩石上，都能尽情享受视觉和听觉的盛宴。我知道，杜鹃鸟是在6月归来的，此外，金翅雀、极乐鸟以及猩红丽唐纳雀，也是到6月才能看到他们的踪迹。在草地上，刺歌雀可谓出尽风头；在高原上，原野睿雀的轻声吟唱，犹如黄昏恋曲般打动人心；在树林里，各种鸫一起奏响了乐章。

在所有鸟儿中，杜鹃无疑是最孤独的，同时也是最温顺、最安静的。他从来不把喜怒哀乐表现在脸上，好像心里有一段沉重的往事。他的歌声中饱含着失落和悲伤，但对于耕种的农民来说，这意味着要下雨了。在其他的鸟儿都唱着欢乐的歌曲时，这种音韵深沉的曲调反而更吸引我。站在距离树林几百英尺的地方，一种超凡脱俗的声音从树林深处传来。华兹华斯（Worksworth）曾用这样的诗句赞美欧洲杜鹃，我想这些诗句用在我们这里的杜鹃身上一样合适：

高兴的客人啊！
我听到了你的叫声，
让人很快乐。
杜鹃啊！应该把你称为飞鸟，
还是游离不定的音波？

我安静地躺在青青的草地之上，
听到你快乐的声音，
这声音从一个山岗飞到另一个山岗，
回声在远远近近回荡。

春之佼佼者！欢迎你！欢迎！
直到现在，我依然认为你不是鸟，
而是隐匿的精灵，
是游离的音波，
是某种神秘！

我们这里只有黑嘴杜鹃，黄嘴杜鹃要在南方地区才能找到。不过这两种杜鹃的叫声差别不大，黑嘴杜鹃的叫声有时跟火鸡的叫声很像，而黄嘴杜鹃的叫声则类似于这样的声音：咕咕、咕咕咕。

当黄嘴杜鹃决定要在哪棵树上筑巢时,会先把这棵树上所有的害虫都吃掉。他站在一根树枝上,左看看,右看看,仔细审视这棵树的所有枝叶,一旦发现食物,便立刻展翅冲过去。

每到6月,黑嘴杜鹃都会去果园和花园游历一番,并借此机会以尺蠖虫来犒劳自己。这时的黑嘴杜鹃,可以称得上是最温顺的鸟儿了,即便你走到离他几英尺远的地方,他也不会飞走。有一次,当我离他只有几英尺时,他也没有表现出一丝紧张和恐慌。他很单纯,但也可能是不动声色、超然物外。

杜鹃的羽毛是褐色的,光滑油亮,很是漂亮,是我所熟知的那种浅色羽毛所无法比拟的。此外,他的羽毛还因坚硬和毛色纯粹而著名。

黑嘴杜鹃的某种神态很容易让人想起一种旅鸽,虽然两者在体形和羽翼颜色上各不相同,但前者被红眼圈圈着的眼睛、脑袋的形态、起飞和降落的动作,都显示出与后者的相似之处。不过,就他们飞翔时的优雅姿势和速度来说,黑嘴杜鹃显然要逊色很多。与红鸫一样,黑嘴杜鹃的尾翼与身体似乎不太协调,这使他飞起来悄无声息,而知更鸟和鸽子每次飞过时,都会留下哗啦啦的声响。

你是否听过原野春雀的歌声?如果你居住在放牧区,那么想错过他的歌声都难。我想,著名的鸟类学家威尔逊(Wilson)定然没有听过他的歌声,否则就不会称他为"草雀"了。原野春雀有两大特征,首先,他的尾巴上有两条横向分布的白色羽茎;第二,他总是潜伏在距离人们几英尺远的地方;据此,很容易就可以认出他。

假如你想找原野春雀,不应该去草地或果园,而应该去海拔较高的放牧区。当太阳渐渐西沉,其他鸟儿都收了歌喉休息时,原野春雀就粉墨登场了,他的歌声成为最吸引人的音乐。因此,他又被恰如其分地称为"黄昏雀"。每到黄昏,赶着牛群的牧人,总是在黄昏雀悦耳歌声的陪伴下回家。他的歌声不像歌雀的歌声那么清脆，也没有多少抑扬顿挫的变化，而是一曲原始、低沉、充满幽怨但却动听的歌。可以说，朴实的牧地歌手——黄昏雀的小夜曲，不仅具有歌雀曲调的精华，还兼具林雀歌声的甜美及颤音。

暮色逐渐降临，走在辽阔无边、牛羊成群的原野，随便找一块干净且带着阳光余温的岩石坐下，侧耳倾听黄昏雀的小夜曲，真是难得的享受。那曲调来自远处的矮草丛，成群的牛羊正在那里吃草，曲调就从那里飘出，传往四面八方。首先传出的，是两三声嘹亮悠长的声音，然后声调转而减弱，最后以柔弱的颤音收尾。这是一首完整的歌曲，但我们能听到的，通常只是其中的几个音符。因为那些微弱的部分，已经消逝在风里。

他的歌曲是那么朴实无华，又是那么随意、富有亲和力，完全是出自本能而演绎的美妙曲调，是大自然中最特别的一种声音。碧绿的草地、坚硬的岩石、腐朽的树木、广阔的农田、安静的羊群，再加上披着晚霞的山坡，所有的一切都被包含在他的曲调之中。至少，这是鸟类能够完成的事业。

值得注意的是，黄昏雀的雌鸟总是露天筑巢，而且不会像其他鸟儿那样用藤条或枯草掩饰，更不会固守于一个地方筑巢。只要稍不留心，人或者牲口，就会把她的窝踏平。但据我推测，黄昏雀对另一种危险的担忧远远大于对人或牲口的担忧。所有的雀类都知道，臭鼬和狐狸蛮横无理，非常狡猾，又颇具好奇心，他们会用扫荡的方式，搜索所有能为老鼠或鸟类遮挡风雨的荆棘丛、树篱、草丛……

毫无疑问，皱领松鸡必然也懂得这个道理，因为她也像黄昏雀那样露天筑巢，而且不用任何东西遮掩。她从繁盛、茂密的森林，来到辽阔、见光的所在。在这里，对于任何方向来的敌人她都能应对自如，并轻松飞往想去的地方。

我喜爱的另外一种原野春雀，很少有人知道，他们通常被鸟类学家称为"田雀鹀"。田雀鹀的体态大小与麻雀十分相似，只是身上的羽毛没有斑纹，而是呈暗红色。他喜欢生活在偏僻、乱石丛生的旷野。他的歌声十分响亮，特别是在初春时节，他的歌声是生活的地方最好听的歌声之一。

记得4月的一天，阳光明媚，我正坐在光秃秃的树林里，一只原野春雀飞过来，落在离我只有几英尺远的地方后，放开歌喉开始唱歌，歌声悠扬，抑扬顿挫，一直持续了一个小时。那首曲子十分完美，而且因为是在这个空旷的林间传扬，显得更为动人，那歌声的音符很像人类的字词："佛－欧，佛－欧，佛－尤，佛－尤，飞－咿，飞－咿"，开头是嘹亮的高音，中间急促流畅，结尾轻柔低沉。

需要特别说明的，是一种至今仍鲜为人知的鸟，他被称为白眼绿鹃或白眼翔食雀。相对于其他鸟儿来说，白眼绿鹃的歌声算不上悦耳，甚至有点僵硬和刺耳，这一点与靛彩鹀、黄鹂倒是很相似。但从其抖擞的精神、高超的演技、擅长模仿等方面来说，北方的鸟儿几乎没有能与他相提并论的。他的歌声虽然并不好听，却响亮有力："啾－咔－啦－啾－咔"，似乎他想表达什么。唱歌时，他总是躲在茂密的矮灌木丛下，躲避你搜寻的目光，就像小孩子在跟你玩捉迷藏。

如果你和林中的鸟儿和谐相处，到7、8月份时，你会听到一种罕见的音乐演奏。乍听，好像是躲藏在远处的杜鹃花丛，或湿地越橘树林中的三四位歌手在唱歌，他们谁都想成为领唱，于是争相表现自己的歌喉。这曲合唱中的声音，有的来自原野，有的来自森林，歌声极为干脆、紧凑，像是由好几位歌手一起合作而成。但我却要告诉你，你听到的这种合唱，正是纯正的嘲鸫的歌声。

即使他的模仿不是那么精准，至少你也听出了知更鸟、鹪鹩、灰猫嘲鸫、金翼啄木鸟、金翅鸟以及歌雀的声音，尤其是对歌雀"噼噗、噼噗"的叫声的模仿，非常像，我觉得连歌雀都会信以为真。整曲合唱演唱得十分紧凑，各种声音之间合作得天衣无缝，上曲和下曲之间的衔接也十分自然，听起来深沉浑厚，很是独特。更为难得的是，演奏者并不暴露自己的真实身份。

在这曲合唱中，我听出了某种意味，似乎我的到来和关注得到了歌手的理解。这首曲子饱含着自豪与喜悦，间或还夹杂着嬉笑与戏谑。我相信，除非是遇到了他喜爱的听众，否则，他不会以这样的方式演奏。如果你想找到他，一定不要去茂密的森林深处，而应去低矮的灌木丛，不用在意那里是否是蚊蝇的安乐窝。

另一位顶尖级的歌手是冬鹩鹩，在他身上，很难不用顶尖级这样的字眼。众所周知，白眼翔食雀是十分自信的，他能意识到自己的力量，甚至自己的演奏效果，而冬鹩鹩却从没有这样的意识。但是，当你听到冬鹩鹩的歌声时，我相信绝对可以用惊喜来形容你的感觉。鹩鹩的歌声自然流畅，而且能演奏多首乐曲，这也是他闻名遐迩的原因。另外，他还能利用自身的多才多艺，演奏一首厚重有力、节奏感很强的旋律，让人沉醉其中，忘乎所以，这可谓是鸟世界中的奇迹。

记得6月的一天，天气晴朗，我在一片低矮的常青树林中散步，一条大道通向远处的大教堂，周围一片静谧。突然，静谧被一曲奔涌而出的旋律打破，那旋律中带着特属于森林的忧伤，我很惊奇，除了站在那里倾听，不知道还能做什么。他宛如森林里的行吟诗人，却羞于与我们见面，这使得我在林中找寻了两次，才找到那首曲子的演奏者。到夏季，他就会隐居到偏远的北部森林中，只有非常了解他的人，才有幸听到他的歌声。有着相同生活习性的，还有加拿大威森莺和隐居鸫。

正如一个地区只适合某种特定的植被生长那样，一个地区也只适合某种特定的鸟儿生活。在植物学家的眼中，哪里有凤仙花，哪里有楼斗菜，哪里有蓝铃花，是有明确标志的。同样，鸟类学家也会告诉你，哪里有小绿莺，哪里有原野春雀，哪里有红眼雀等等。相邻的几个县，虽然处于同一纬度，而且同属内陆地区，却由于植被和林木不同，生活的鸟儿也不一样。这里生长着山毛榉、糖枫树，这里生活的鸣禽就与生长着橡树、栗树、月桂的土地上生活的鸣禽完全不同。我从红砂石地貌的一个地区，到火岩石地貌的一个地区去，之间相距不到50英里，但我却找不到熟悉的韦氏鸫、隐居鸫、栗胁林莺、蓝背莺、绿背莺、纹胸林莺以及别的很多鸟儿，而棕林鸫、红眼雀、橙尾鹟莺、黄喉林莺、黄胸翔食雀、白眼翔食雀、鹌鹑及哀鸽这些鸟儿，却随处可见。

　　我所在的地区属于高山地带，这使鸟儿的分布界限更加明显。我在村子南边看到的鸟儿，到村子北边却怎么也找不到。甚至在同一地点，植被不同的地方，生活的鸟儿也不一样。比如在杜鹃花和泽地黑莓生长的地方，我时常能见到黑枕威森莺，而在长有香灌木、金缕梅的树林中，我看到的却是食虫莺。在一处偏僻的地方，长着石南和羊齿，还有一两棵栗树和橡树，每到7月，我都能在这里听到原野春雀的歌唱。在回去的路上，我看到一个落满枯枝败叶的池塘，那里是灶莺的乐土。

　　在我居住的这个地区，能吸引所有鸟儿到来的，似乎只有一个地方，那是一块曾经被开垦，如今又被恢复原貌的多岩石地区。现在，它处于半开垦、半荒野的状态，也许正因为如此，它才会深得鸟儿和儿童的喜爱。在这里，你几乎能看到美国所有种类的鸟。这里一边紧挨着村庄，另一边是一条公路，从四面八方而来的乡间小道和马路在这里汇聚。这条公路整日里都很热闹，不断有士兵、工人、学生从这里经过。

　　由于这里远离砍伐区，从而躲开了斧头和长柄镰的残害。慢慢地，这里竟长出很多雪松、月桂和黑莓，像纽带一样，与远方的山林连接起来。这里生长最多的树木是雪松和栗树，当然也有灌木丛。这里最主要的特征是它的中心地带长着茂密的山茱萸、水山毛榉、沼泽桉、桤木、香灌木、金缕梅以及牛尾草和霜葡萄。有一条发源于远处沼泽地的小溪，穿过茂密的树林后流到这里，它或许解释不了这块土地的来历，但至少可以解释这里物种丰富的原因。

如果有的鸟儿对石南、雪松或栗树不感兴趣，那么他们必然会被这片混杂的中心地带所吸引。我们不仅能在这里见到绝大多数常见鸟类，就连很多珍贵物种，我们也有幸亲眼目睹，比如大冠翔食雀、孤莺、蓝翅泽莺、食虫莺、狐雀……这里所有的鸟类都不会成为肉食动物的食物，再加上蝇虫繁多，又为鸟类提供了足够的食物，这也是鸟类愿意来这里的两个重要原因。不必为鹰的袭击担惊受怕，爱好和平的音乐家可以轻松自如地飞来飞去，于是，这里成为鸟类玩耍嬉戏的乐土。

但是，这里所有的鸟类中，比如知更鸟、翔食雀以及各类莺中，最受欢迎的是棕林鸫，尽管其数量不及知更鸟和灰猫嘲鸫多。他飞跃在任意一块岩石或灌木丛中，不停地啼叫，像是在和人们打招呼。我们知道，棕林鸫是在5月归来的，那时，他还带着几分羞涩。但到6月底，他已然变得更加驯服和亲切，甚至会站在你头顶的树枝上，或者不远处的岩石上歌唱。

有一对棕林鸫很大胆，在距离居民区只有十一二英尺远的凉亭走廊上筑了窝，甚至开始养育后代。但是，当人们来到这里，走廊上到处都是喧闹的人群时，我发现母鸟陷入了极度不安中，显得非常害怕和警惕。她悄悄落在距离人们几英尺远的地方，一动不动地呆着，神态安详，好像下定决心不动声色，尽可能不让人们注意到她。

如果我们以歌曲好听与否为标准，给所有鸣禽排个名次，那棕林鸫、隐居鸫、韦氏鸫肯定会排在前几名。

嘲鸫的音域是最宽广的，这使他的歌声千变万化，每一次演唱都能给听众带来新的惊喜。但可惜的是，他的才能只限于鹦鹉学舌，远远达不到隐居鸫那么高的境界。当我在欣赏嘲鸫的演唱时，只有一个词能形容我的感受——佩服！不可否认，当我第一次听到嘲鸫的歌声时，更多的是惊奇和不敢相信。这么多的旋律，竟然全部由一只鸟儿奏响，简直可以称为奇迹。我想，当我们观看体操运动员高超技艺时的感触，大抵与欣赏嘲鸫演奏时的感触是一样的。尽管他的表演源自模仿，但依然保有原著的超凡脱俗。而且，由鸫类歌唱的曲调能激起人们更深层次的情感，因为他能让我们重新认识这个世界的和谐与美好。

在所有会唱歌的鸫类中，棕林鸫是受到赞誉最多的一种，而且当之无愧。因为人们都成了他的观众，也就难怪他的近亲兼对手隐居鸫要被冷落了。威尔逊和奥杜邦（Audubon）都是著名的鸟类学家，他们对棕林鸫都大加赞赏过，但对隐居鸫却鲜少评论，甚至不知该说什么。奥杜邦勉强说隐居鸫的歌声差强人意，但很明显，他根本就没有听过隐居鸫的歌声。

与上两位相比，纳托尔（Nuttall）似乎更具判断力，他给隐居鸫的评价算得上是公正的：隐居鸫是一种珍稀动物，他胆小羞涩，喜欢独来独往，除非在鸣啭期，否则很难找到他的踪迹。即使是在鸣啭期，也只有在美国中东部的偏远森林里，或者潮湿的沼泽地中才有。因此，他又被阿迪朗达克地区的人称为"沼泽天使"。正是由于他隐士般的生活方式，才更容易让人们忽视。

隐居鸫的歌声与棕林鸫极为相似，就算是极富经验的观察者，也很容易弄混。但是，如果让两者同时唱歌的话，还是很容易区分的：隐居鸫的歌声音调更高，声音也更为厚重，透露着庄严和神圣，为他伴奏的乐器是幽静的山谷里吹响的一支银笛；相比之下，棕林鸫的歌声更为悠扬，音调的起伏很像一种管弦乐器在奏鸣。你会认为，如果棕林鸫全力以赴，或许他的音域可以更宽，音乐才能可以达到更高的水准。但从整体来说，棕林鸫的音质还是不及隐居鸫那般纯粹、安静、神圣。

不过，要是从未听过隐居鸫的歌声，而只听过棕林鸫歌声的人，完全可以封后者为歌王。事实上，他的确称得上是一位重量级的音乐家，再加上他的生活地域广泛——整个大西洋海岸都有他的身影，所以，我们之所以能听到森林之歌，他起到了至关重要的作用。对于我的说法，你可能会提出反对意见，认为他在调节音调时花费的时间太长，但是，正是因为他随意及没有准调的试音，才凸显出其音域的宽广和才能的高超。

我所熟知的，具有音乐天赋且能对各种音阶运用自如的鸣禽，除了金丝雀，就是棕林鸫了。前不久的一个周六，我和朋友在一片林子和果园的交界处散步，我确定我听到了棕林鸫压倒所有对手的歌声，就连我一向不关注鸟儿的朋友也面露惊喜，显然，他也察觉到了。我们默契地都停下脚步，倾听这位卓越的音乐家表演。如果说他的歌声并没有让你觉得多悦耳，那么至少在曲目数量上会让你感到惊奇。颤动的声音奏响了序曲，嘹亮、急促，且不断升级，就像泄闸的潮水一涌而出，让人不知如何应对，就算是最不懂音乐的听众，也会沉醉其中。可以说，他是无可比拟的、超一流的音乐家。后来，我有幸又听到过两次类似的演奏。

在整个鸫类家族中，就漂亮和优雅而言，没有哪种鸫能与棕林鸫相媲美。他是优雅的化身，飞翔时，他自信沉着、神态高雅；歌唱时，他又像个诗人，颔首举目无不透露着优雅。在人们看来，他的一举一动都是优雅的代名词，是艺术的享受。就连他捉甲虫或者啄食地上的昆虫时的动作，都让人觉得高雅无比。难道很久以前他曾是位王子吗？即使是变了形，王者的优雅举止仍然伴随着他？他的体形是那么匀称！他的羽色纯净而浓郁——红褐色的背闪闪发亮；凸起的胸部洁白无瑕；心形的斑点赫赫在目。

另外，棕林鸫修养良好，不像其他鸟儿那样，有各种恶习。比如，知更鸟热衷于表现，喜欢多嘴多舌，总是匆忙地在树林中飞翔，粗野地拍打翅膀，甚至暴躁地大声叫喊；褐弯嘴嘲鸫喜欢躲在桤林深处，小偷似的躲躲闪闪；灰猫嘲鸫显然是个不自重的女人，举止轻浮，而且喜欢嚼舌根；红眼雀则像是日本特务，面无表情地注视着周围的事物。与这些鸟儿相比，棕林鸫无疑是完美的化身。

棕林鸫对我并无敌意，甚至很绅士地与我保持着一定的距离。如果我安静地站着不动，他甚至会礼貌地跳跃到我面前，好像在跟我打招呼，又好像要跟我交朋友。有一次，我从他的巢下经过，距离他的爱妻和爱子只有几英尺，而他就站在近处的树枝上，目不转睛地盯着我，眼光异常犀利，却并未啼叫。但是，当我伸出手，快要触到他没有任何防御的家时，他突然就愤怒了，样子极为可爱。

他不愧是王子的化身，天生具有高贵的气质。10月下旬，他的爱妻和朋友们都飞往南方了，可他却仍然出现在树林中。他从这边飞到那边，悄无声息，神态庄重，好像触犯了社交规则在接受惩罚。经过多次观察和接触之后，我发现了问题，原来他尾部的羽毛残缺不全了。作为王子，他断然不肯以这样的形象返回王宫，于是便徘徊在这落叶纷纷的秋季，希望能等来更好的机会。

在森林大合唱中，韦氏鸫柔美、甜蜜的笛音悠扬动听，正如原野大合唱中黄昏雀的歌声。像其他鸫类那样，韦氏鸫也喜欢在黄昏时演唱。在6月一个温暖的黄昏，倘若你去树林散步，在距离他们200多英尺的地方，你便能听到他们甜美的歌喉从十几种歌声中跃然而出。

他的歌声，应该是你听过的最淳朴的歌声了——就像一条弯弯曲曲的线条，不会有令人惊艳的技巧，但自身就是和谐与美的象征——让人心情愉悦。这样的歌声与刺歌雀的嬉戏喧闹形成了鲜明的对比。刺歌雀带给我们的欢乐，完全来自他的表演和清脆的歌声。

关于灰猫嘲鸫，我无法确定她带给我的快乐是否多于烦恼，可能是因为她太大众化了，也可能是因为她太喜欢显示自己了。假如你在听其他鸟儿唱歌，她一定会掺和进来跟着唱，而且音调高昂，呈压倒性的优势；假如你安静地坐在那里，只想默默地观察眼前自己喜爱的鸟儿，或者是研究一种新的鸟种，她的好奇心也会促使她前来捣乱，她在你身边跳来跃去，从不同的方向审视你，俨然一副嘲笑的样子。不过，我还是会描写她，只是不会浓墨重彩而已，好让她不那么显眼。

她也是天生的模仿秀选手，只是技艺并不精湛。她的歌声里总是带着些许嘲弄、讽刺的意味，好像在故意模仿哪个令人嫉妒的歌手，好混淆视听。即便是她非常喜爱的歌曲，经过了长时间的刻苦练习，她仍然是森林里最不踏实的歌手。因为她学习唱歌似乎并不是出于喜爱，而仅仅是为了追赶时尚潮流，又或者是因为爱慕虚荣，不想落在知更鸟和其他鸫类后面。她称得上是个合格的打油诗人，却与伟大相差甚远。她的表演活泼可爱、表演技巧多姿多彩，但却少了一份高贵和庄重。

但是，我们不得不承认，她的歌声中有一些精雕细琢的成分，就像一位优雅的贵妇人娓娓而谈，这无疑是她母性本能的暴露。她所向往的豪宅，就是由枯枝败叶构成的简陋的小巢。前段时间，我在树林里散步时，被一种悲伤的叫声吸引到了一片沼泽地旁边。沼泽地的外围是蔷薇、荆棘以及牛尾草，那伤心欲绝的叫声就是从这里面传来的。这意味着我那朴素的音乐家朋友正处于生死关头。我怕衣服被荆棘挂住或扎破，便脱掉衣帽之后，慢慢走了进去。

我站在一处杂草较少的地方，四处观望，发现了很奇怪且让人厌恶的一幕。在距离我三四英尺的地方有一个鸟巢，一条黑色带花斑的大蛇盘踞在下面，一只半大的小鸟儿几乎被它完全吞进了嘴里。它没有察觉到我的存在，这使我得以看到整个过程。它有条不紊地慢慢吞噬着嘴里的那只鸟，头向前伸直，脖子不停地蠕动、用力向下咽，随着脖子的动作，身体也不断起伏，它很快就完成了这项工作。

之后，它一边吐着恶毒的信子，一边蜿蜒着身体向鸟巢爬去，悄悄地探寻着鸟巢里的情况。这种情况对于这窝小鸟来说，简直是灭顶之灾，没有什么比突然看到这个死敌的大头更让他们恐惧的了，这足够让他们的羽毛倒竖起来。所幸，大蛇在搜寻猎物无果的情况下，从鸟巢边滑行到了下边的树枝上。它顺着树枝悄悄向别的地方爬去，展开更大范围的搜索，志在捉住小鸟的父母。尽管这个恶毒的家伙没有腿也没有翅膀，但在树枝上爬行却如履平地，敏捷如鸟如松鼠。

它忽上忽下地绕着弯曲的树枝爬行，在树丛间窜来窜去，令人惊讶不已。这不禁让人想起人类被毒蛇诱惑的那个神话，还有"人类灾难的原因"，并开始怀疑眼前的这个敌人，是不是也在玩什么恶作剧。现在，不管我们把它叫做蛇还是叫做魔鬼，都没有实质意义。而于我，却被它的美丽折服了，它骄傲的头高高昂起，一对眼睛闪着亮光，鲜红的信子如火焰般从嘴里喷出，爬行速度飞快且没有声响，就连它身上的皱褶，都泛着黑色的油光。

在我被敌人的美色诱惑时，小鸟的父母却在不停地悲鸣。他们愤怒了，拍打着翅膀向追踪者扑去，用嘴和爪子向其尾巴发起攻击。遭受攻击的蛇当然不甘示弱，它拱起背，将身体重叠起来，然后趁势掉转过来。刚开始，它的战斗策略好像起作用了，受害者的进攻受到了钳制。但很快战局就有了转机，它还没来得及张嘴，更别说碰触到受害者，对方就挣扎着飞到了高处的树枝上，虽然很惊险，但所幸没有落入敌人之口。它那以犀利的眼神征服敌人的绝招，在这次战斗中变得毫无用处。可是，如果对手稍微软弱一些，稍微厌战一些，或许就会被它的魔力所征服了。

现在，它正在从那棵桤木树上滑行下来，这时，我的胳膊稍微一动，就引起了它的注意。它目光凶狠地盯着我，一动不动，这是一种令人畏惧的目光，世界上可能只有蛇和魔鬼才有这样的目光。突然，它噌地一下就转过身去——这是它恨不得时刻拿出来显摆的技巧，然后开始在树枝上爬行。我想它肯定认出了我，作为曾经被它残害过的古代人的同胞，它没有理由忘记。

眨眼间，它已经爬上了桤树的最顶端，看似漫不经心实则很有心计地摆弄自己的身体，它让闪闪发光的柔软身体弯曲起来，伪装成树枝的样子，想借此蒙混过关。目睹这一切的我，陡然升起了复仇的欲望，于是捡起一块石头，准确地击中了古老的敌人。猛然受到攻击的蛇，痛苦地蜷成一团，不停地在地上打滚。我继续行动，结果了它，树林里又恢复了安静祥和的气氛。一只险些被吃掉的幼鸟悄悄从窝里探出头来，看见危险已经解除，快乐地跳上了枝头，叽叽喳喳地叫着，好像在为我的胜利欢呼。

到7月中旬时，树林里已经很安静了。这是一年里季节盛衰处于平衡的阶段。虽然夏日的活力还没有消退，但庄稼已经在烈日的炙烤下慢慢成熟了，鸟儿们的歌曲声也逐渐消失了。雏鸟刚刚离巢，需要父母的精心照料，而成鸟也进入了脱毛期。蟋蟀开始在你窗户底下无休无止地聒噪，从这时开始，直到下一个季节到来之前，你将听不到棕林鸫如诗般的歌声了。

刺歌雀有了小宝宝，也许是初为人母，她显得极度烦躁。一旦发现有人靠近她的巢穴，她立刻变得紧张起来，并因此而突然引吭高歌，这或许是她的责骂之声吧。但她一边要照顾孩子，一边又要为自己的歌声负责，不免让她陷入两难的境地。还有极少数的雀类在唱歌。有时，猩红丽唐纳雀嘹亮而圆润的歌声，会从远处炎热的原野里某棵高大的树上传来。猩红丽唐纳雀跟热带的鸟类很像，他喜欢炎热的天气，我甚至在夏季最热的三伏天听到过他的歌声。

每年夏天都是蝇虫猖獗的季节，但这对于燕子和翔食雀来说，却是难得的盛宴狂欢节。快看，有一只身着灰白色外衣的绿霸鹟落在那边的树枝上，事实上，他大多数时间都在飞翔，因为这是他的捕猎方式，就是在空中将苍蝇、到处乱撞的飞蛾吃掉。你看他的姿势，头不停地摆动，好像看到了令他好奇的东西，"眼珠快速转动，从上到下，再从左到右，扫视着周围的一切"。

他的目光犀利而精准，蚊蝇飞入他的视力范围内，就像置于显微镜下，只消一瞬间，他就将猎物吞入嘴中，并返回了原处，其间不会发生任何争斗，更别说追赶了——只需要一个动作，一下子就解决了。

相比之下，一些小个头雀类的捕猎技巧就逊色多了。看那只麻雀，他的食物是各种小虫子。现在他突然有了更高的追求，想要像绿霸鹟或翔食雀那样捕食，这无疑是个让他兴奋的念头。他开始笨拙地追逐甲虫或"粉蛾"，追到了草丛中，他还在苦苦寻觅，一只浅白色的小草蛾不知从哪里钻了出来。麻雀的机会来了，他赶紧追了过去。虽然我认为小草蛾十分危险，但这场狩猎行动注定是一出闹剧。

麻雀追出几英尺远时，猛然向地面扑去，但随即又飞起来了。显然，他想要抓住猎物的动作没有成功。当麻雀再次接近时，草蛾也恢复了体力，他们就这样僵持着，不分胜负。这无疑让麻雀很生气，他叽叽喳喳地叫着，再次发起了攻击，但很可惜，再次以失败告终。很快，麻雀彻底放弃了，他讨厌这种徘徊于希望和失望之间的游戏，又回到了自己按部就班的生活方式中。

与麻雀追逐草蛾的闹剧相比，鸽鹰捕获麻雀或金翅雀时的场景，不免让人胆战心惊。那是智力、速度以及力量的较量，他们的每一块肌肉、每一根神经都绷得紧紧的。雀儿的叫声充满了恐惧，躲闪着奋力逃命。而鹰却显得很冷静，他展翅急转，紧紧地跟在猎物后面。他不仅了解自己动作的速度，对雀儿动作的时机也把握得相当精准，这不禁让人心生焦虑。

你会不由自主地跑到外面或者爬上高高的栅栏观看这场搏斗。雀儿也像草蛾那样,急速寻找树丛、灌木丛的掩护,这也是他们唯一能够逃脱噩运的方法。对于他们娇小的体型来说,树丛和灌木丛是最好的藏身之所,他们如鱼得水般在里面飞翔。作为惯犯,鸽鹰当然深知此举的意义,于是猛然冲下去,希望用最后一个动作结束这场追逐战,可惜并未如愿以偿。于是便有了这样的场景:在一片果园中,一只鹰烦躁地徘徊着,几只雀儿在他不远处悠闲地飞翔。看上去,鹰并没有把不远处的雀儿看在眼里,只是自顾自地低鸣着"噗忒,噗忒(原文为:pi-ty,作者意为'可惜')"。也许这是因为他知道,在这树木遍布的树林里,雀儿就像在鸟笼里一样安全,对此,雀儿当然更加清楚。

秋天,是属于鹰的季节。这种天高日远、云淡风轻是鹰最为喜欢的,尤其是鸡鹰。鸡鹰崇尚自由,很享受秋天的这份闲适、宁静。他展翅翱翔在空中,动作是那么协调优美,神情是那么泰然自若。他时而挥动双翼,以螺旋的方式盘旋着飞向高空,直到成为人们眼中的一个小斑点;时而又收起双翼,从高空笔直地冲下来,连翅膀都懒得动一下,好像要把自己摔死,可就在转念之间,他又改变了主意,再次展开翅膀,飞入高空。他似乎很喜欢玩这种游戏,乐此不疲,而人们自然也乐于欣赏他的杂技表演。

如果他不想用那么惊险的动作降落,就会先找准一个降落地点,始终注视着那里,盘旋一会儿,就直降下来。不过,你可别指望他能把速度降下来,你看他从天上飞下来的路线,简直就是一条直线,只要离得稍近一点,你就可以听到他的羽毛哗哗地响,然后就只能看到一个影子飞向田野,再然后,他已经站在了沼泽地上或矮树桩上,安安静静的,似乎在回想刚刚吃下的美味的青蛙和老鼠。

如果你想看到更精彩的表演,就等到吹南风的时候吧。他们三个一群两个一伙儿,顶着风在山谷中飞翔,尽量让身体保持平衡,但仍免不了偶尔轻轻颤抖,就像走在钢丝上的杂技演员。他们有时动作稳重,飞得很稳;有时动作猛烈,忽上忽下，像是在随着风势漂泊；有时又突然冲上山顶，然后稳稳地向前飞。但正如我们前面说过的那样，他们说不定什么时候就会突然加快速度。假如有一只这样的鹰从你的头顶飞过，你向他开了一枪，除非到了他无法承受的境地，否则他是不会改变飞行路线的，甚至连飞行姿势都不会改变。

观看鹰的翱翔就像在欣赏一幅静中有动的画面。与鸽子和燕子的飞翔相比，鹰的飞翔更让人震撼。他在飞翔时所用的力量是那么均衡，而且他的姿势也很少发生变化，有时人们甚至察觉不到他变换了姿势。他的力量是自然而然地流露，而不是刻意地使用。

当然，鹰也会受到攻击，比如短嘴鸭、极乐鸟就是他的敌人。但是，鹰在面对攻击者时所表现出来的冷静与庄严，却让我们不得不大加赞赏。他对歇斯底里的攻击者总是置若罔闻，自顾自地盘旋着升入高空，一升再升，直到跟在后面的攻击者头晕眼花，不得不返回陆地。飞到对手无法承受的高度，让其知难而退，这称得上是一种很独特的退敌方式，我不确定这个方式是否值得学习。

随着时间的推移，夏季就要离去，秋季即将来临。活跃在春耕夏收时期的音乐家们陷入了沉默，其他音乐家粉墨登场，开始了自己的演奏。这个时节是昆虫生命力最旺盛的时候，白天，无论你走到哪里，都能听到各种虫鸣。鸟儿们的歌声似乎变得更轻柔、更纯净，飘荡在湛蓝的天空中。鸟儿们艳丽的服装已经显得不合时宜，于是他们也换上了素雅的新装，踏上了向南方的旅程。

燕子集结成群，飞到南方去了；刺歌雀也成群结队地飞走了。在不知不觉中，各类鸫也都不见了踪迹。秋天来了，所有的雀类、莺、戴菊鸟都纷纷启程，离开北方，飞到南方去了。就这样，鸟儿们完成了迁徙。远方的一只鹰冷静地向高空飞去，消失在人们的视线里。那意味着季节的结束，群鸟都已离去。

——1863 年

铁杉林中的鸟

白眼绿鹃

栗胁林莺

冠蓝鸦

蓝鸲

红眼绿鹃

黄喉地莺

在我们这个地方，每年夏季都有为数众多的鸟儿飞来，但对此，大部分人都持怀疑态度。只有少数几个人确信在自己生活的地方还生活着很多鸟类，但他们所知道的也只有一半而已。

当我们走进树林散步时，绝不会意识到侵犯了谁的私人领地——在我们头顶上方的树枝上，有一个鸟家庭正在欢聚；在我们前面的草地上，有一对鸟儿正在玩耍嬉戏；他们都是很珍贵的候鸟，来自墨西哥、中南美洲以及更遥远的岛屿。

透过伟大的诗人梭罗的眼睛，我看到在斯波尔丁的林中小屋里，那个让人感兴趣的鸟家庭。对于这个鸟家庭的存在，斯波尔丁并不知晓，他悠闲自得地赶着羊群、吹着口哨从鸟巢下面走过，而这些性格很好的鸟儿也没有生气。这个鸟家庭似乎不喜欢社交，他们跟村子里的鸟儿几乎没有联系，只是默默地过日子，生儿育女。纺纱、织布于他们而言实属多余。他们的啼叫声中透露出一种心满意足的快乐。

在我看来，诗人无疑为鸟儿说了好话。因为我察觉出，当鸟儿们看到斯波尔丁的马车从自己的窝下面经过，而且轰隆隆作响时，他们有时会表现出愤怒。但在大多数时候，鸟儿不会关心人的活动，人对鸟儿也置若罔闻。

前些天，我在一片老铁杉树林中散步，一时兴起，就把这林子里的夏季候鸟数了一遍，一共是四十多种。其中有些种类在其他树林里也能见到，而有些种类是其他树林里没有的，在我们整个地区都很少见，更为重要的是，有些种类十分罕见，在任何地方都很难见到。这么多种鸟，在一片树林里被发现，而且是一片不太大的树林，实在是太难得了。

这片林子里的鸟，绝大多数都会在这里度过整个夏天，但据我以往的经验，这些鸟类应该在更偏北的地区度夏才对。不过，气候是决定鸟类分布的最主要因素，不同纬度地区如果气候相同，也会吸引相同的鸟类，也就是说地势的高低和纬度的多少，对鸟类并没有什么影响。在纬度低于 30 度的高海拔地区，与纬度低于 35 度的低海拔地区，可能具有相同的气候，进而也具有相似的植被和动物群。

我写作的地点位于特拉华河上游，其纬度与波士顿相同，不同的是，海拔比波士顿高，这就使这里的气候跟波士顿完全不同，反而跟美国及新英格兰北部的气候更相似。如果驱车向东南方向走半天，又会进入不同的气候地区，林木不同、鸟类不同、哺乳动物不同，就连地貌也更为古老。在我所处的地区，你看不到灰色的小兔子和小狐狸，只能看到在北方地区才有的野兔和红狐。据说，18 世纪曾有一群海狸在这里定居，但现在就连最年长的居民也不知道他们曾在哪里筑过坝。

下面我要带你们去那片老铁杉林，那里除了种类繁多的鸟类，还蕴藏着丰富的物产。不用说，这些宝贵的财富得益于林中繁茂的植物、硕果累累的沼泽以及幽深安静的林地。

不得不承认，铁杉林有着英雄史诗般的历史。它的树皮曾饱受制革工人的践踏，身体也一度被伐木工人摧残，被移民者蹂躏，但其精神并没有被摧毁，毅然决然地坚挺着。前几年，曾有人突发奇想在林中开辟了一条公路，但那里实在称不上好走。倒下的大树横躺在路中间，湿泥和枯枝败叶将路面弄得泥泞不堪，人们似乎明白了铁杉林的暗示，悄然改道而行了。现在，我就走在这条昔日的公路上，但除了一片荒芜，就只剩下浣熊、狐狸以及松鼠留下的足迹了。

大自然对这样的树林尤其喜爱，于是贴上了封条，将其作为自己的专属领地。这里土壤肥沃、绿意盎然，对于如何处置羊齿、苔藓及地衣，大自然向我娓娓道来。我站在那条绿色的公路中间，呼吸着周围散发出的植物清香，感受到植物强大的生命力，并对这里悄然发生的神秘的生命进程深感敬畏。

现在，还是有敌人拜访这里，只是他们已然丢掉了斧头和铁锹，赶着牛群在水草丰茂处若隐若现，他们知道哪里有最好吃的青草。每年春天，村里的农夫都会到铁杉林的邻居——枫林中去制造糖。到7、8月份，村里的妇女和孩子又会全部出动，穿过这片老林，去寻找山莓和黑莓。还有一个年轻人，他总是在林中的小溪边游荡，试图钓到他心仪的鳟鱼。我也像他们那样，在6月一个晴朗的早晨，怀着愉悦的心情，精力充沛地前去收获硕果——那是比糖更甜蜜，比莓果更香醇，比钓鳟鱼更好玩的果实。

对于学习鸟类学的学生来说，一年当中最重要的月份就是6月份，因为这是绝大多数鸟儿的筑巢期，同时也是他们的歌声最为响亮、羽毛最为漂亮的时期。鸟儿都会唱歌，如果不会唱歌，那还能叫鸟儿吗？见到陌生人，难道他们不应该开口说话吗？对我来说，除非听到鸟的叫声，否则就无法确定他的身份。每次当我接近鸟儿的时候，他们似乎也对我感兴趣。有一次，我在树林里捡到一只灰颊鸫，虽然已经把他捧在手里，可我还是不认识他。这种沉默让他看起来很神秘，不管是美丽的外貌还是偷吃樱桃时的神态，都无法解除这种神秘感。一只鸟的歌声，是其生命特征的体现，而且可以和听众建立起某种情感上的共鸣。

我沿着崎岖的山路，爬过一座小山，又穿过一大片糖枫树林，终于看到了铁杉林。在距离那里还有一百英尺远时，我便听到树林中回荡着一种带颤音的啼鸣，我知道，那是红眼绿鹃的叫声。红眼绿鹃是一种很常见的鸟，而且分布范围很广，他的叫声听起来很快乐，就像一个孩童快乐的口哨声。5月份到8月份是红眼绿鹃的活跃期，这期间，在美国中东部的任何地区，不管什么时间，不管天气好坏，在任何一片树林里，你听到的第一声鸣叫声就是他发出的。对于红眼绿鹃来说，任何天气，任何环境都无法阻挡他歌唱。不管天气是晴朗还是下雨，不管是中午还是下午，不管树林是大是小，当其他鸫类因天气炎热、莺类因天气寒冷而都保持沉默时，只有红眼绿鹃仍自顾自地唱着欢快的歌。

在阿迪朗达克山脉的原始森林中，很少看见鸟类，更别说听到鸟类的叫声了，却总能听到红眼绿鹃的啼叫声。在歌唱事业上，他们毫不懈怠，凭着优越的天赋，投身于热爱的音乐行业。他的歌曲是欢乐和满足的代名词，毫无忧伤可言，虽不是特别动听，却富含特殊的意义。

确实，对人类而言，很多鸟类的歌声都有特殊的含义，在我看来，这也正是人类能从中得到快乐的原因所在。刺歌雀的歌声表达的是快乐，麻雀的歌声表达的是忠实，蓝鸲的歌声在畅想爱情，灰猫嘲鸫的歌声则意味着高傲，白眼翔食雀的歌声表露了它的羞涩，隐居鸫的歌声则透露出它的沉着冷静，而红色知更鸟的歌声则让人想起威严的军人。

有些鸟类学家认为红眼绿鹃属于翔食雀类，但也有人觉得他跟食虫莺类很像，因为他的习性与鸫类或纯种莺类的习性都不完全相同。他和歌绿鹃很像，所以常常有人将其认错。他们的歌声都很欢快，只是歌绿鹃的歌声更流畅，节奏更快。相比而言，红眼绿鹃的体形更大，身材也更修长，鸟冠是淡青色的，眼睛周围有一圈淡淡的黑眼圈。他喜欢在树干上跳来跳去，在树叶里翻找食物，时而还会抬起头左右看看，啼叫声不断。如果你听到的声音很微弱，那说明他距离你很远。当他发现虫子时，会马上从树干上跳下来，一下将虫子的头部啄伤，然后再慢慢将其吃掉。

当我再往前走时，一只瓦青色的雪鸦鸣叫着从我面前飞走了。显然，我的到来打扰了他的清静，这才让他发出如此严厉的抗议声。尽管他叫雪鸦，并且在这里繁衍后代，却与雪或寒冷没有一点关系，因为他也像歌雀那样，每年快到冬天时就会飞往南方，春天再飞回来。不同地区的同一种鸟儿，其生活习性也会完全不同。每年冬天的12月之后到次年的3月之前，这里连一只短嘴鸭都看不见。

雪鸦，又被当地农民称为"黑斑翅鸟"。在我所知道的地上建筑师中，他无疑是最出色的。在靠近树林的小路的斜坡下面，他挖出一些土，留出一个若隐若现的入口，然后就开始建巢。他在建筑巢穴时，会用很多牛毛和马鬃，这就使巢的内部结构很匀称，也很舒适。

我走出糖枫林，稍停片刻，观看了三只松鼠（两只灰的，一只黑的）的杂耍，然后继续往前走，越过一片古老的活篱笆墙后，这才真正踏入老铁杉林的疆界。这里保持着原始森林的样貌，偏僻而幽静。我踩着厚厚的苔藓前行，脚上好像被绑上了什么绵软的东西。隔着茂密的树枝射下的太阳光，让我的眼睛近乎迷离。可是，突如其来的一只红松鼠打破了这份静谧，它似乎在嘲笑我的来访，嘴里不停地嘟囔着什么，毫不在意自己的不礼貌行为。

如此的幽静之所，无疑是冬鹪鹩心仪的聚集处。在这个地区，我是第一次看到他，这是唯一有他踪影的林区。他在唱歌时，似乎有一种奇特的舞台回声与其附和，飘荡在每一个阴暗的角落。尽管他体形娇小，声音却十分洪亮，而且起承转合之间完成得很完美，感情丰富，这不禁让我想起了带颤音的好嗓子。他的歌声感情充沛，或许你能从中听出几分冬鹪鹩的意味。然而，如果你想一睹这位小巧音乐家的风采，却不是那么容易的事。你必须仔细搜寻，而且最好选择在他唱歌的时候，因为他的羽色几乎与大地、树叶的颜色一样。

与其他鸟儿不同的是，他不喜欢待在高高的枝头，而总是流连于低树桩或矮树枝。他蹦蹦跳跳地穿梭在林间，在自己的巢穴旁进进出出，以警惕的目光注视着所有入侵者。他的尾巴直直地竖着，甚至跟脑袋平行了，看上去既滑稽又可爱。据我所知，他是最不喜张扬的一种鸟儿，歌唱时从不装模做样，站在一个树桩上，自然地昂首挺胸，目视前方，然后清清嗓子，任歌声自然涌出。作为一个热爱歌唱的音乐家，他当之无愧名列最优秀者之列。7月的第一周一过，我就再也没有听到他的歌声。

我坐在一截松软的圆木上，品尝着清爽酸甜的酢浆草。酢浆草长在苔藓上面，花朵很多，而且色泽艳丽，带有粉红色的条纹。这时，从远处飞来一只红褐色的鸟，在距离我十几英尺远的矮树枝上落下，然后看着我"呜呜喁喁"地叫起来，好像在跟我打招呼。他举手投足之间的优雅以及前胸散布着的暗斑，让我看出他属于鸫类。接着，一串温柔、圆润，类似于笛鸣的叫声从他的嘴里涌出，这是我听过的最简洁的音乐节拍。据此，我推测他是韦氏鸫或者威尔逊鸫。

他是体形最小的鸫类，和蓝鸫差不多大小。人们辨认他时，主要是看他胸前斑点的深暗程度。棕林鸫身上的斑点是椭圆形的，分散在纯净的白色羽毛上，异常扎眼。隐居鸫身上的斑点呈线状，点缀在清白色的羽毛上。韦氏鸫身上的斑点已经模糊不清了，远远看去，只能看到一片混沌的黄色。如果你想仔细观察一下他，只能默默地坐在其聚集区观看，而此时，他似乎也同样对你充满了兴趣，想要仔细端详你一下。

一声鸟的啼鸣声从那边的铁杉树上传来，很动听，像是某种昆虫的叫声。我在不经意间看到一根细树枝在动，随即一对鸟翼闪过。我因为始终仰着头看，脖子都快断了，可还是没有看清楚。不过没过多久他就从藏身处飞出来了，似乎向下移动了几英尺，要去追捕一只苍蝇或蛾子。因为光线昏暗，我不太确定看到的是否是那只鸟，但我毅然拿出了枪，因为对于鸟类学家来说，看过一万只鸟也不如捕获一只鸟。如果你不猎杀鸟，不制作标本，就永远不可能在鸟类研究方面取得什么成果。

根据这只鸟的形态和习性，我确定他是一只莺。可是，具体是什么莺呢？我仔细观望着，希望能确定他的名字。他的前胸、眼纹、鸟冠都是深橙色的，因为颜色过深，已经接近火红色了，他的背部是黑色和白色相间。相较而言，雌鸟的羽色和斑纹要比雄鸟浅，似乎人们给他起了一个绰号——橙喉莺。

但是，他的正式姓名却于他的发现者，即首先用步枪打掉他的巢，掠走他的爱人的人——布莱克伯恩。所以，他就叫做布莱克伯恩莺。"伯恩"（born，意为燃烧）这个词是再合适不过了，因为常青树林常年阴森冷峻，而布莱克伯恩莺的胸脯和喉咙的颜色却像火焰一样在燃烧。他的歌声节奏感并不强，但其颤抖的音质却异常吸引人，不禁让人联想到橙尾鸲莺的颤音。除了这里之外，我从来没有在别的地方找到过他。

还是在这里，我又发现了另一种莺。相同的，为了看清楚他的体形外貌，我又费了一番周折。他的歌声高音很高，甚至有点刺耳，而且带着牙齿摩擦的声音，但在这古老的树林里，却是难得一闻的动听曲调。相对来说，他更喜欢待在高原地带的山毛榉树林或者枫树林里，而不是这样幽暗的僻静之所。

如果你有幸能把他放在手掌上观察，必然会对他的美丽惊叹不已，"真是漂亮啊！"他是那么优雅，那么小巧，算得上是莺类中最娇小的一员。他的背部呈淡蓝色，肩膀上有几点古铜色的三角形斑纹，黑色的上颚，金黄色的下颚和喉咙，胸脯则是古铜色。无论从哪个角度看，他都漂亮得让人难以置信，堪称我所见过的莺类中最漂亮的。当你习惯了野生动物外貌的丑陋、面容的凶恶，偶然看到这样的自然界尤物时，不免震惊不已。不过，这就是自然规律的神奇之处。不管你身处大海还是身处险峰，不管你所看到的自然环境多么粗犷、野蛮，你仍然会偶然间发现大自然最优美、最动人的一面。大自然所蕴含的宏观之美和微观之妙，早已超出了常人的理解范围。

当我身处林海之中，听到鸟儿的啼鸣声越来越远，而不禁在这幽静的环境中陷入沉思时，一支悦耳的曲调从林海深处传入我的耳窝，不用说，那是隐居鸫的歌声。在我看来，那无疑是大自然中最让我心动的歌声。我喜欢在远处听他唱歌，有时距离会达到半英里，这时，我就只能听到他乐曲中的最强音。在森林之歌中，我总是能从鸫鹟以及莺类的混合声中，辨别出他那清纯而静谧的声音。他就像是来自天堂的一个精灵，用庄严无比的神圣之音为森林之歌伴唱。

他的声音敲击着我的心房，让我内心涌动出一种无以名状的欢乐，而且这种欢乐再无其他音乐可以激起。也许把这曲调称为黄昏之曲更合适，而不是清晨之曲，尽管每天的任何时候我都能听到。这种声音极为简练，但其魅力却不容小觑："哦！和谐！和谐！""哦！上苍！哦！云消！哦！雾散！"虽然只是只言片语，却异常悦耳，排列在优美的序曲中。他的曲调不像唐纳雀或大嘴雀的那么华丽和孤傲，起承转合之间毫无感情，而是甜美而庄重的，就像人们在心情静谧的时候乐于享受的宁静氛围，只有心存敬意的人才能体会到。

前几天的一个晚上，我独自一人登上了一座山峰，想要欣赏月光下的美丽世界。当我攀爬至山顶时，隐居鸫的歌声从几十英尺外传来。在安静如斯的山顶，有天上的明月相伴，再加上这曲动人的小夜曲，什么繁华的都市，什么骄傲的人类文明都显得异常渺小。

我以前从不曾注意，原来两只同类的鸟也会进行比拼，一决高下，比如棕林鸫和韦氏鸫。假如你把其中一只打下来，过不了十分钟，飞走的那一只就会再次回到原地高歌。

一天傍晚，我走到了老巴克皮林的中心，突然发现一个低洼处有一只正在啼鸣的鸫。让我惊奇的是，他居然没有因为我的到来而恐慌，反而像什么事都没什么发生一样，继续展示自己嘹亮的歌喉。我将其擒住，并用力掰开了他的嘴，看到里面是金黄的颜色。我想象着能在他嘴里发现宝石或者天使。

关于这种鸟的记载并不多见。实际上，我从来没有见到哪位鸟类学家能将这三种歌鸫明确区分开来。他们不是将其外形弄混，就是将其歌声弄混。比如《大西洋月刊》就有这样一位权威作家，他以极负责的态度告诉我们，"棕林鸫有时也叫隐居鸫"，可是在精确地描述了隐居鸫的优美歌声之后，他又说棕林鸫属于韦氏鸫类。最近出版的《大百科全书》中引用了奥杜邦的解释：隐居鸫的叫声很单调，而且带着悲哀的成分，而韦氏鸫的叫声则与之相似。可以通过以下几点分辨隐居鸫：他的背部有明显的黄褐色，臀部和尾部呈红褐色，翅膀和尾巴的羽茎并排排列，都呈暗色调。

我沿着林中的老路继续前行，发现在覆有淤泥的一处土地上有动物走过的印迹。动物们是什么时候从这里经过的？我怎么一个都没有碰到呢？这个脚印是皱领松鸡的，那个脚印是啄木鸟的，这边有松鼠或水貂的痕迹，那边则是臭鼬鼠的，当然，还有狐狸。列那狐（意指狐狸）的脚印是那么小心翼翼，与小狗的脚印差别很大——列那狐的脚印排列整齐、轮廓清晰！而小狗的脚印则杂乱无章、粗鄙而笨拙。正如动物的声音那样，动物的足迹中同样透露着其性情，或野蛮或温顺。与绵羊和山羊的足迹相比，鹿的足迹像谁多一些？灰松鼠留在新雪上的足迹交织在一起，异常清晰，据此我们可以推断，它是多么敏捷机灵，很轻松地越过了这里。

啊！大自然是最合适的练习场，生活在这里的动物，无不因其美好促进了触觉、视觉、听觉以及嗅觉的发展。难道鸟儿不是大自然中最罕见、最美妙的歌唱家吗？

在很多僻静之所，我能都轻易分辨出东林绿霸鹟带着悲凉的独特之音。他属于翔食雀类，很容易分辨。他们个性强悍，争强好胜，这是其最为明显的家族特征。在原野或者森林中，绿霸鹟是最没有绅士风度的鸟儿。他的肩膀呈削尖状，头大、腿短，走路和飞翔的姿势很难看，摇头摆尾时更显其拙态，而且他时常和邻居发生争执。所以，当人们说起自己喜爱或者能让自己心生愉悦的鸟类时，从来不会出现绿霸鹟的名字。

鸟家族中最擅长打扮的是极乐鸟。他喜欢吹牛,尽管他自己也胆小如鼠,却总是看不起乡邻。只要对手比他稍微强势一点,他就会缴械投降。我曾亲眼看到他被燕子打败,甚至被上文提到的小绿霸鹟打得落荒而逃。在生活习性方面,大冠翔食雀和小绿翔食雀十分相近。如果是玩耍性质地飞行,他们的速度会非常慢,可如果是捕捉食物,他们的速度就非常快了,而且往往是不费吹灰之力就能将最敏捷的昆虫捉住。他们看上去面无表情,麻木不仁,但举手投足间却显露出性急的特点。他们不像莺类那样穿梭在树林中捕食,而是先落在一根树枝上,像猎人那样等待猎物经过。如果你听见"啪"的一声,那必然是他捕到猎物时嘴里发出的声音。

如果你发现了一只东林绿霸鹟,那肯定是被他悲凉的啼叫声吸引的。就像他可以随意调高或调低自己的音调一样,庞大的森林也足够他随意活动。

而作为他的亲戚的菲比霸鹟,则相对受欢迎得多。他的巢建在陡峭的岩壁或悬崖上,尽管建筑材料只是苔藓,却精美异常。前几天,我从一座荒山前经过,看到了他奇特的巢。它就像长在岩石上一样,和岩石上的苔藓浑然一体,而岩石似乎也喜欢这个小巢,将其视为己有。从此,我对这种鸟更加喜爱了。

我觉得,从菲比霸鹟的巢上,能够学习到最精湛的建筑技巧。他的巢是由爱建筑而成,只为了达到舒适的目的,看上去就像大自然的产物。这样的简朴在很多鸟类的巢中都能看到,所有的鸟类都不会画蛇添足般地给自己的巢染色,也不会增加什么装饰物。

行至森林最茂密阴暗的一处,我突然发现一窝刚刚长成的鸣角鸮。在距离他们大约四五英尺的地方,我停下脚步环顾四周,发现他们落在离地面几英尺高的长着苔藓的枯树枝上。那些灰色的动物站得笔直,有的背对着我,有的跟我面对面,但他们的头却一般无二地都转向我,并用眯成一条线的眼睛注视着我。

显然，他们并不认为自己也是被观察的对象。想到这里，我不禁觉得奇怪又可笑，但同时又想到一些滑稽而可怕的东西。由此而产生的，是另一种效果——白天里的森林具有的黑夜的一面。

过了一会儿，我向他们迈了一步，这无疑引起了他们的警惕。他们突然睁大眼睛，改变姿势，弯腰的弯腰，低头的低头，生机勃勃的样子。我又向他们迈进一步，这时只有一只鸟飞到了更低的树枝上，其余的则都飞走了。仅剩下的这一只，用惊恐的眼神盯着我。我从飞起的鸣角鸮中打下一只，他通体呈茶红色，正如威尔逊笔下的那只。让我感到惊奇的是，所有鸣角鸮的羽毛只有两种类型：一种灰白、一种茶红——"与性别、年龄或者季节毫无关系"。

再往前走，我来到了一块干燥、苔藓少的地方。在这里，我不禁因为金顶鸫的滑稽姿态笑出了声。但待我看清之后，才发现他并不是金顶鸫，而是橙顶灶莺。他完全没有意识到我的存在，自顾自地滑行似的走着，时快时慢，还像家养的老母鸡或者松鸡那样歪着脑袋，一副怡然自得的神态。我坐下来想更仔细地观察他，而他也停下了脚步，好像也有和我一样的心思。片刻之后，他又开始踱着漂亮的脚步四处游走，貌似只专注于散步，实际上却从未放弃对我的观察。像他这样擅长行走的鸟并不多，大多数鸟还是像知更鸟那样跳跃着前进的。

见我并没有伤害他的意思，这位散步者带着满足的表情飞上了枝头。他对我格外照顾，允许我倾听他的歌声。他的起音非常低，就好像那声音来自遥远的地方，然后音调慢慢升高，越来越高，以至于有点刺耳，而他也因为用尽全身力气而开始发抖。这支高亢的曲子可以用"啼气儿，啼气儿，啼气儿……"来表达，每一个字的音节都不断加强加重。在我所熟悉的作家中，没有谁对他的音乐技巧表示过赞赏。

不过，刚才的歌曲还只是他的练习，他还有更美妙的音乐，将要送给他在空中遇到的心仪对象。他像雀类那样展翅飞翔，几乎以静止、盘旋的姿态穿过最高的树枝，轻快地飞到空中。然后，一曲妙不可言、让人欢欣鼓舞的曲子倾泻而出——像铃声般清脆，余音袅袅，其快活程度堪比金翅雀，其曲调优美堪比朱顶雀。这是人们难得听到的精品曲调之一，而且只有在黄昏时分或者更晚的时候才能听到。他藏匿在森林深处，不想让人们看到，一心只想用最美妙的歌喉唱出最动听的歌曲。

通过他的歌曲，你很快就会发现他和水鹡鸰的亲密关系（人们也叫他水鸫）。后者的歌声也是圆润清脆，瞬间迸发，青春活力和快乐程度与前者不相上下。在两年多的时间里，我始终觉得那个散步的绅士的歌声是虚幻的存在，我对这种声音一直心存疑惑，正如梭罗对那只神秘夜莺的疑惑。顺便说一句，在我看来，梭罗的夜莺肯定是他熟悉的鸟，只是那只小鸟似乎要保守什么秘密，有意躲着他，仅仅以重复的尖叫声、不断升高的曲调示人，仿佛那样就足够了。不过，我可没泄露过这个秘密。

在我看来，橙灶莺的歌声更像是情歌，因为我总是在鸟儿的交配季节听到。有一次，我看到两只雄鸟在森林里拼命追逐，不一会儿，这种瞬间迸发的、高昂的曲调就传了过来。

我沿着那条林中老路左拐，踏过软绵绵的圆木和枯枝败叶，越过小鳟鱼溪，来到老巴克皮林最茂盛的地方。途中，我不断驻足观赏沿路的景色：那边的苔藓上长着一种小白花，心形的叶子，跟地钱几乎完全一样，这是我的植物学里没有的植被；这边长着羊齿，我数了一下，总共有六个品种，有的很高大，到我的肩膀这么高。

我面前是一棵表面粗糙的小黄桦树，还有一道石松筑成的堤坝，堤坝上挂满了蔓虎刺稠密的叶子和果实，堤坝的边缘是冬青堆成的小塔，上面还开着淡粉色的花朵。这让我感觉到了5月果园的气息。对我来说，这个卧榻太奢侈了，但我还是希望亲身体验一下。正午十二点刚过,离下午的合唱开始还有一段时间。虽然上午大多数鸟儿已经进行了激情澎湃的表演,但下午偶然迸发的几声啼叫,还是可以引发新一轮的合唱的。只不过,如果你想听到隐居鸫的歌声,就只能等到黄昏或者更晚的时候。

在离我几英尺远的一棵矮树上,一对正在嬉戏的红喉蜂引起了我的注意。雌鸟在稠密的树枝中间跳来跳去,因兴奋而大声尖叫着;雄鸟则在她的上方盘旋,时而俯冲下来,似乎要把雌鸟吓跑。发现我之后,雄鸟轻盈地落在了一根树枝上,一转眼,两只鸟就不见了踪影。随后,在某个特定信号的暗示下,下午的大合唱拉开了帷幕。我斜靠在那个卧榻之上,闭上眼睛,洗耳恭听由莺、鸫、雀以及翔食雀共同演奏的大合唱。一段时间之后,隐居鸫那孤傲、神圣的女低音缓缓升起。

这时,一种柔和的颤鸣声从我面前的桦树顶上传来,如果没有丰富的经验,肯定会将其误认为是猩红丽唐纳雀的歌声,但其实他出自一种稀有的候鸟——玫胸大嘴雀。它的歌声是那么洪亮,那么活泼,让人听出了演奏者的健康与自信,更显示出了演奏者高超的技艺,但并非天赋。当我站起来时,他开始盯着我看,但嘴里的歌声并没有停止。据说,玫胸大嘴雀主要分布在西北部,东北部极其少见。他的嘴很大,而且很笨拙,就像个大鼻子安在那里,这对他的脸来说,无疑是个败笔。不过,大自然为了弥补他的这个缺陷,赋予了他玫红色的胸、双翼下面粉红色的里衬。他的背部由黑白两色构成,当他低空飞行时,白色尤其明显。假如他正好经过你的头顶,你便有幸目睹他双翼下那一抹粉红色。

在那棵枯铁杉树上,有一团火红的东西在燃烧,像极了燃烧的木炭,在黑暗背景的映衬下更显得熠熠生辉。相对于北部寒冷的气候来说,这团红色未免有点过于扎眼,事实上它就是大嘴雀的亲属——猩红丽唐纳雀。

我在铁杉林深处,偶尔能看到他们的身影。但我不知道的是,在大自然中还能看到如此强烈的色彩对比。现在，我甚至开始担心了，他脚下的树枝会不会被他点燃呢？他生性孤僻，喜欢独来独往，偏僻的树林和高山之巅是他喜欢的处所。其实，我上次登上山顶时，就看到了这种美丽的动物在放歌。歌声随着徐徐的微风，飞向四面八方。他似乎很喜欢在地势高的地方逗留，我想这可能是因为他的音域更宽广，运用更加自如的缘故吧。即便是他已经飞到了很远的山那边，我们依然能够借着微风听到他美妙的歌声。

在我所见过的鸟类中，猩红丽唐纳雀的羽毛是最漂亮的。很多鸟儿都很漂亮，比如蓝鸲，但仔细看的话，蓝鸲的蓝并不是纯正的蓝色。如果近距离观察的话，就连靛彩鹀、金翅雀、夏红衣主教雀也并非如名字那般艳丽。可是猩红丽唐纳雀却经得起距离的考验，就算是再近的距离，他身体的深红色、翅膀和尾巴的黑色也丝毫不会减色。不过，这只是他节日的服装，一到秋天，他就要换上一身褐绿色的服装，这才是它的家居服。

在老巴克皮林地区，紫朱雀或朱顶雀是大合唱的领唱者之一。他喜欢栖息在远离群鸟的枯老的铁杉树上，用美妙的歌声为群鸟起唱。正如隐居鸫是鸫类之首，紫朱雀也是雀类之首。他的歌声是除冬鹪鹩之外，节奏最快，音符拖得最长的，尽管没有冬鹪鹩那如泉水流淌般的清脆和颤动，但依然让人心醉神迷。他的歌曲中掺杂着一种口哨声，却不失圆润、柔和，悦耳动听。

间或，知更鸟的歌声会响起，从大合唱开始到结束，他的唱法变换了无数种，而且无不急促流畅，听上去就好像是两三只鸟的歌声。这里并不是知更鸟的常驻地区，我只是偶尔在类似于这里的树林中见到过。他的羽色非常奇怪，就像是被十蕊商陆的汁液泡过的褐色。假如再多泡上两三次，他可能就会变成紫色的鸟了。与歌雀相比，雌知更鸟的体形、嘴巴都更大一些，尾羽上的分叉也更多，但他们的颜色却几乎一模一样。

在林中的一小块空地上，我来到小溪边，想把手浸入水中。当我弯下腰准备伸手时，从河堤上飞来一只淡青色的小鸟，从我头顶上方飞过，距离我的头不足三英尺。她看上去好像受伤了，而且伤势严重。她飞过草地，钻进了离小溪最近的灌木丛。我并没有去追她，而是继续站在原地——她的巢旁边，这使她失声尖叫，雄鸟闻声而至。

这时，我又看到了她身上的斑点，更加肯定了我的推测，她就是加拿大威森莺。在相关书籍中，我没有找到这种鸟在地上筑巢的记载，但是，巢就在眼前，不得不信。这只莺的巢安置在稍微挖空了一些的小溪堤坝上，主要由干草构成，距离溪水不到两英尺，似乎很容易受到小野鸭或者滨鹬的伤害。巢里有两只刚出生不久的雏鸟和一个带斑点的鸟蛋。但是，让我感到奇怪的是，这两只看上去像是同时出生的鸟，其中一只却比另外一只大很多，几乎占据了鸟巢一半的空间，而且叫声也很响亮。这是怎么回事呢？这里面究竟有什么奥秘？

啊！我明白了！原来这是褐头牛鹂的鬼把戏，他像人类中一些奸诈者一样，善于使用奸计。想到这里，我便把那个使诈者扔进了水里，我看到它漂浮在水流中，赤裸的身体因经不起溪水的寒冷而打着寒战。难道是我太残忍了吗？可大自然本来就是残忍的。虽然我残害了一条生命，但我却挽救了两条生命。要不然的话，用不了两天，这个冠冕堂皇的入侵者，就会害死鸟巢的小主人。我之所以干预此事，不过是为了让事情按既定轨迹发展。

这种将自己的蛋产于其他鸟类的巢中，以逃避抚养后代的责任的现象，是自然界的奇观之一。褐头牛鹂就习惯使用这种伎俩，但是当人们统计其数目时，却明显发现，类似于上文的悲剧屡见不鲜。在欧洲，杜鹃也位居不负责任之列，他们总是把自己的责任强加给知更鸟或鸫类。但据我所知，做这种事情最没有良知的，还是要数褐头牛鹂。因为他们总是选择比自己小的鸟巢下蛋，他们的雏鸟总是最早出生，总是比巢主人的雏鸟先抢到食物，而且长得很快，不仅占据了鸟巢的大部分空间，还让巢的小主人因忍饥挨饿、无法抵御风寒而早早夭折。如此一来，不明所以的巢主人就会把自己亲生孩子的尸体搬走，转而将全部的精力倾注在别人的孩子身上。

通常情况下，体形较小的莺类和翔食雀是这种事件的受害者。不过偶尔我也会看到石瓦色的雪鹀不慎落入骗局。一天，在树林里的一棵大树上，我看见一只黑喉绿林莺正在喂一只雏鸟。很明显，这只雏鸟不是黑喉绿林莺的孩子，而是别的鸟抛弃的孤儿，因为他是浅黑色的。但是，黑喉绿林莺对此却毫不知情，仍全神贯注一丝不苟地喂养着养子。我把这件事告诉了一位老乡，他很惊讶，因为这是他的林子，他却不知道有这样的事发生。

每到这个季节，褐头牛鹂就会在树林里飞来飞去，以寻找合适的机会，将自己的蛋产到其他鸟儿的鸟巢里。有一天，我坐在树林里的一根圆木上休息，看见一只褐头牛鹂贴近地面盘旋着飞翔，行踪诡异，像是有什么阴谋。很快，她消失在距离我50英尺远的矮灌木丛中，看姿态，显然是落在了地面上。

我起身，悄悄向她消失的地方走去。但在途中，我不小心弄出了声响，这一下惊动了褐头牛鹂，只见她慌张飞出了树林。走到目的地，我发现了一个简陋的鸟巢，它坐落在一根拖地的树枝下，由干草和树叶筑成。我推测那是一个雀巢，巢里有三枚鸟蛋，距离鸟巢一英尺的地上还滚着一枚。看到这种情景，我不免展开联想：褐头牛鹂要往这个巢里下蛋，但发现巢里已经有三枚了，于是扔掉一枚，自己又产下一枚充数。过了几天，我再次来到这个鸟巢旁，发现又有一枚鸟蛋被扔出来了，但奇怪的是，空出来的地方并没有新的鸟蛋补充。我推测，这个鸟巢已经被主人遗弃了，因为里面的鸟蛋已经有了腐臭的气味。

我发现，凡是有借巢下蛋行为的鸟巢旁边，总是有雄雌褐头牛鹂的身影，雄鸟习惯性地站在树枝上，发出一串圆润的啼鸣声。

到7月时，出生在这一地区的雏鸟都变成了淡黄褐色，到秋天时，他们会长得很大。

带斑的加拿大威森莺算得上是莺类中的极品，他活泼可爱，歌声也悦耳动听，这难免让人想起金丝雀，只是他的歌声不像金丝雀那般完整和流畅。现在，有一只加拿大威森莺正在树林中跳来跳去，嘴里也不停地吐着音符，他是如此高兴以致难以自恃。

他颇具绅士风度。当他看到有人注视他时，便会主动打招呼，样子很是惹人爱。他身材修长，举止优雅得体，背上的羽毛是铅青色的，羽冠上的羽毛是黑色的，脖子以下又变成了淡黄色，胸部像带着领圈一样有一圈黑色，漂亮的大眼睛周围是淡黄色的眼圈。

显然，我的到来让鸟父母非常不安，他们高声尖叫着，把周围的邻居们都招过来了。不断有邻居飞过来，似乎是想弄清楚事情的原委。栗胁林莺跟着布莱克伯恩莺一起来了；纹胸林莺刚来，就又匆忙飞走了；马里兰黄喉林莺也来了，他"飞扑！飞扑"地叫着，好像是对这对夫妇的遭遇表示同情；东林绿霸鹟也闻声而至，他站在高高的树枝上看热闹；红眼绿鹃莺盘旋着飞来了，他一边盘旋着飞，一边用好奇的目光盯着我看，显然是想知道发生了什么事。但没过多久，纷至而来的各种鸟儿就都四散而去，似乎没有安慰或者鼓励那对难过的父母。我经常发现这样的事情，鸟类也会向同类之间表露同情——希望是同情，而并非出于好奇或者打探是否危险。

大概过了一个小时，我再次回到这里，发现一切都归于平静，雌鸟安静地卧在巢中。我慢慢靠近，但她似乎察觉到了，向窝里挪了挪，一双大眼睛睁得滴溜溜的圆，显得异常美丽。她始终不肯离开鸟巢，直到我离她只有两步远时，她才无奈地展翅高飞。之后的日子，是为数不多的鸟儿的孵卵期，鸟巢里的鸟蛋都被孵成了小鸟。两只不懂世事的雏鸟悄悄抬起了头，所幸他们这次没有遭遇"鸠占鹊巢"的惨剧。鸟类的童年是很短暂的，仅仅在一个星期之后，他们就离开了鸟巢。让我难以理解的是，他们居然躲开了臭鼬鼠、水貂以及麝香鼠的魔爪。尽管他们的幼年期很短，但要想免于丧生这些嗜鸟如命的动物之口，也绝非易事。

我继续往前走。迎接我的，一会儿是曲折、昏暗的林间小道，大树的枝叶掩映其上，留下斑斑点点的缝隙；一会儿是满地腐朽的枯枝败叶，必须跳跃才能通过；一会儿又是稠密的荆棘和榛树交织的树林；一会儿又是景色优美的由野樱桃、山毛榉、软械组成的园林；一会儿又是开满金凤花和雏菊的草地；再一会儿，又是半英尺高的红山莓灌木丛。

突然，在距离我几步远的地方，一窝年幼的皱领松鸡"扑棱棱"地飞起来，飞进了周围矮小的灌木丛中。我想听听雌松鸡是如何召唤她的孩子们的，便在一处羊齿和荆棘茂盛的地方坐了下来。那些松鸡还么小，可是已经会飞了，可见，大自然在赋予他们能力时，是将他们的安全放在第一位的。当雏鸟的身上还只是毛茸茸的绒毛时，他们的翅膀上已经长出了羽茎，在很短的时间内，他们便可以飞翔了。

相同的现象也出现在鸡和火鸡身上，他们的羽翼同样生长得很快。而对于水禽和被人类圈养的鸟儿来说，却不是这样了，他们要等到翅膀上的羽毛都长全了，才可以飞翔。前不久，我在一条小溪旁边看到一只小滨鹬，他生得那么美丽，一身柔软的灰色绒毛，机智灵敏，来到这个世界上也就两周的时间。他的身上和翅膀上都没有飞翔用的羽茎，因为他根本不需要，你看！他一下扎进水里不见了，就如同别的鸟儿展翅飞翔于天空。

快听啊！"咕咕！咕咕"的声音从远处的矮灌木丛中传来，是多么温柔！

多么深情！多么微妙！如果不仔细听，根本无法听到。那一声声仿佛劝阻的声音，又包含了多少柔情与关爱！——这便是雌鸟的呼唤声！很快，"扑棱棱！扑棱棱"的声音从周围传来，同样微弱而深情！——那是雏鸟的回应声！看到周围并无危险，雌鸟的"咕咕"声立刻升级成响亮的"咯咯"声，于是，好几个小家伙便小心谨慎地向声音所在处跑去。我不动声色地慢慢起身，试图走近那些可爱的小东西，但转眼的工夫，所有的声音都消失了，不管是雌鸟还是雏鸟，都不见了。

皱领松鸡很有地方特色，似乎只要是有他的树林都更加有魅力。因为有了他的存在，树林有了"家"的意义，他就是树林的主人。而没有他的树林，则显得少了点什么，就好像被大自然母亲忽略了一样。皱领松鸡是那么强壮！那么活泼！在我看来，他似乎更喜欢冬天寒冷的天气，因为只有那样的天气，才会让他更加热情澎湃。假如天降瑞雪，而且越下越大，注定要成为一场暴风雪，那就如了皱领松鸡的愿了。他心满意足地躲在某处，安静地等待暴雪将他掩埋。倘若你在这个时候接近他，他会猛然从积雪下面飞起来，将身上的雪扬得到处都是，之后"咯咯"叫着飞出树林，演绎出一幅只有这里才有的奇特画面。

在4月，当树上刚刚露出嫩芽时，不管是在安静的早晨，还是在寂静的黄昏，你都能听到皱领松鸡悦耳的鼓点声——那是他在忽闪着翅膀拍打树桩的声音——毫无疑问，这是春天里最受欢迎、最悦耳的声音。正如我的推测，他没有选择枯槁的、有树脂的圆木，而是选择了腐烂的、几乎要掉渣的圆木，而且尤其钟爱那种快要化为泥土的老橡木。如果实在找不到满意的圆木，他宁愿选择岩石，在他热情高涨的双翅下，岩石似乎也跟着一起歌唱了。有人看到过皱领松鸡敲鼓吗？虽然几率跟见到黄鼠狼打盹差不多，但只要用心观察，动用各种手段，还是可以见到的。

皱领松鸡不会把圆木搂在怀里，而是笔直地站在圆木旁，把脖子上的毛舒展开。他会先敲击两声，似乎是序幕，片刻之后，再敲击，不断重复，而且节奏越来越快，直到所有的点状声音连成没有间隙的线状"呼"声。整首曲子下来也就半分钟的样子。他的双翅的翅尖几乎不会碰到圆木，也就是说，那鼓点声是由他的翅膀拍打空气发出的，就好像他在飞行时也会发出声音一样。作为鼓的圆木，要被不同的鼓手用上很多年。圆木对于皱领松鸡而言，似乎富有某种神圣的意义，就像人类对神殿的敬畏。他总是心怀敬意地踱步而至，如果所幸中间没有被打断，还会以同样的方式离开。

不得不说，皱领松鸡的聪明算不上大智，只能算是小聪明。如果你一味地蹑手蹑脚向他靠近，很难达到目的；但当你动静很大地走过他身旁时，他会误以为你是真的路过，反而不会逃跑，这就使你有机会观察到他的全貌。假如你是个猎人，此举无疑会让他一枪毙命。

我走在老巴克皮林一条曲折、看不到尽头的小路上，听到一声嘹亮的颤鸣声，我确定它来自不远处的灌木丛。这种声音让我想起了马里兰黄喉林莺的声音。很快，按捺不住的歌唱家便飞到了树上，好像是要让我这个听众好好欣赏一番。他的头和脖子都是铅色的，前胸略微发黑，背部呈橄榄绿，腹部呈黄色。他喜欢在近地面的地方逗留，甚至还在地上跳来跃去的，从这两点就可以看出，他是一只地莺。而他略黑的前胸，又让鸟类学家们在他们的名字前加了一个"哀"字，他便是"哀地莺"。

威尔逊和奥杜邦都曾说过，跟别的鸟儿比起来，他们对哀地莺的了解非常少。他们两个人都没有见过哀地莺的巢，也不知道他们的生活习性和栖息地点。虽然他的歌声非常特别，但人们还是很容易就能判断出他属于莺类。他除了机智灵敏，还很害羞，只要飞几英尺，就要确保自己不在你的视线范围之内。在这里，我仅仅发现一对哀地莺，雌的衔着食物机警地飞来飞去，生怕别人发现她的巢。所有的莺类都有一个明显的特征：都有一双白皙、纤细的美腿，就像穿着丝袜和高跟鞋。

与哀地莺相比，高树莺的腿就不那么美了，他的腿通常呈深褐色或者黑色，歌声也不如前者动听，不过，他的羽毛却异常艳丽。栗胁林莺就是高树莺的一种。他是这个地区很常见的一类鸟，却也是莺类中最漂亮的一类鸟：纯白色的前胸和颈部，栗色的侧身，黄色的鸟冠，看上去十分抢眼。去年，在一片山毛榉树林靠近公路的地方，我发现一个栗胁林莺的巢坐落在灌木丛中。虽然每天都有牛群在鸟巢附近吃草，但他们却相安无事，直到一只褐头牛鹂偷偷在巢里产了一个蛋，灾难降临了，没过多久，鸟巢就空了。这个时节，雄鸟的翅膀稍微有点下垂，与之相反的是尾巴却微微抬起，看上去很像矮脚鸡。他的歌声节奏明快，美妙动听，让人感觉不是他唱出来的，而仅仅是林中之歌的一支单曲。

当另一支更为动听的曲子传入我的耳朵时，我知道那是黑喉绿林莺在唱歌。我曾在很多地方碰到他，作为纯正莺类中的一员，他是无可比拟的。他的歌声淳朴而温柔，不带城市的喧嚣，给人静谧的感觉，如果用音符表示的话，可以写成"－－√－"，前两条直线代表两声清脆的音符，曲调不变，没有强音，后面的对号是休止符，中间有变调。雄鸟的喉部和胸部是黑色的，很像华美的黑色天鹅绒，脸颊的羽毛是黄色的，背部的羽毛是黄绿色的。

从老巴克皮林附近的一片林子里——由三种树构成：铁杉、桦树、山毛榉——传来黑喉林莺的仲夏之曲。"啼－啼－咿－咿"带着慵懒的味道，带着"嘤嘤"的夏虫鸣叫声，却不是温柔地回响在树林中。在所有的林中之歌中，它当之无愧是最拖沓的一支，我听着听着，感觉自己都快要躺到地上了。奥杜邦曾说，他从来没有听到过黑喉林莺唱情歌，但在我看来，这便是他的情歌，而且显然很受他那身穿褐色衣服的情人的喜爱。

他不像其他莺类那么矫情，也不会表演惊险的动作，他只喜欢待在长满山毛榉和枫树的树林里，在离地面八英尺到十英尺的树枝或小灌木丛中飞来飞去，间或唱几声他那慵懒的歌曲。他的背部和羽冠都是深蓝色的，脖子和胸部都是黑色的,腹部的羽毛白得像雪,两只翅膀上都长着一个白色的斑点。

我在很多地方见到过黑白林莺,他优美的歌声让我想到了毛丝鸟。我确定,他的啼鸣声是鸟类叫声中最好听的声音,与昆虫的鸣叫声有点类似,却去掉了昆虫鸣叫声中刺耳的部分,变得异常柔和。

有一种鸟的歌声与红眼绿鹃的歌声十分相似——声音很尖、自然流畅、带着明显的颤音,而且持续时间很长——这就是歌绿鹃的歌声。除非认真辨别,否则很难区分两者的声音。与红眼绿鹃相比,歌绿鹃的个头略微大一些,他的歌声更加响亮,却缺乏快乐的因素。他在不远处的树枝上玩耍嬉戏,我看到他胸部和侧腹部是橘黄色的,而且眼睛周围有白色眼圈。

夕阳即将落下山,树林里的光线越来越暗,这意味着我不得不结束此次漫游。但是,我才刚刚浏览了老巴克皮林的一个角落,仅仅看到并描述了森林之歌的领唱者,要知道,这个合唱团包括四十多位歌手。我来到老巴克皮林的一片沼泽地,在一个僻静的角落,开着很多紫兰花,这里还不曾被人、畜踏足,我抬头望着树木上挂着的各式各样的苔藓和地衣,竟舍不得离开了。

在所有的树木上,在所有的树枝上,都挂满了苔藓和地衣,从树顶上垂下来的苔藓,优雅地依附在随风舞动的树枝上,就像是什么节日来临,人们给树木穿上了节日的盛装。尽管所有的树枝都绿意盎然,却显得无精打采。一棵同样被打扮的小黄桦树,显得严肃庄重。一棵铁杉树已经腐朽,但依然颇具节日色彩。

我来到一处地势较高的地方,看着肃穆的黄昏慢慢降临,我怀着无比虔诚的心情驻足。这光景,无疑是老巴克树林最美的时刻。远处传来隐居鸫优美的小夜曲,在这寂静的氛围里,我感受到了来自心灵深处的恬静,相较而言,音乐、文学以及宗教这些人类文明,反而只是形式上的东西。

——1865 年

○阿迪朗达克山脉的鸟

在 1863 年的夏天,我去了阿迪朗达克山脉。

那时,我刚刚开始研究鸟类,初学者的新鲜感和热情正处于高峰期。在那偏远的地区,我最想知道的是,那里有什么鸟?哪些是我的老朋友?哪些是需要结交的新朋友?

所有去偏远地区或者原始森林的人们,总是希望能发现一些前所未见、稀奇古怪的东西,但结果却并不尽如人意。梭罗为了研究鸟的鸣啭方式,曾先后三次到缅因森林里观察,尽管他把麋鹿和驯鹿都吓跑了,却没有任何新发现。我在阿迪朗达克山脉的遭遇大抵也是如此。大多数鸟类喜欢呆在人类聚居区和开垦区周围,我就是在这些地方,发现了很多鸟类。

我们刚到那里时,在一块刚刚开垦出来的土地上呆了三天,它的主人是老猎人兼开荒者休伊特。我在这里见到很多老朋友,而且结交了一些新朋友。这里有很多雪鸦,正如我们离开乔治湖时在路上看到的,随处都有雪鸦的身影。清晨,我在小溪边洗浴,突然看到一只紫朱雀飞了过来。去年冬天,我在哈德逊高地上刚刚认识这种鸟。那是 2 月,接连几个早晨晴朗而寒冷,却有一大群紫朱雀在我房前的树上唱歌。能在这里见到紫朱雀,真让人惊喜。

一天,我看见几只深褐色的鸟,他们身上带着斑点,经过辨认,我认出这是松金翅雀。他们是普通金翅雀家族中的一员,体形和习性都和普通金翅雀差不多。他们在我的房子周围散步,时而飞到几英尺外的小树上。

在一处原野,原有的森林已经被火烧掉了,只剩下焦黑的树木残株。在这里,我见到了我最喜欢的老朋友之一——草雀或黄昏雀。他落在一截焦黑的树桩上,嘴里衔着食物。这时,从远处树木茂盛的地方传来了歌声,我不由得纳闷起来,想要看看唱歌的是谁。这种歌声捉摸不定，带着一种神秘感，在早晨和黄昏尤其吸引人。后来，我终于找到了这位幕后的歌唱家，他就是白喉雀——本地最常见的鸟类之一。他的歌声温柔而缠绵，带着轻轻的颤音，很像一种口哨声，但让人遗憾的是，歌声非常短暂，几乎是刚开始就结束了。假如这歌声只是白喉雀的序曲，后面才是其正歌部分，那么，白喉雀必将成为所有鸣禽中的佼佼者。

与被开垦土地接壤的，是一片矮树林，矮树林里有一条小溪，里面的鳟鱼自由自在地游着。就是在这里，我度过了一段愉快的时光，并见到几种莺类——身上带斑点的加拿大威森莺、黑喉蓝莺、黄腰林莺、奥杜邦莺。其中奥杜邦莺我还是第一次见到，她带着她的孩子们从小溪边的矮灌木丛中穿过，因为那里有他们爱吃的昆虫。

8月，正是鸟儿的脱毛期，所以他们的歌声只有只言片语。在我的印象里，整个旅行期间，我好像只听到一只知更鸟的啼叫。当时我正漫步于波瑞阿斯河岸的森林中，那只知更鸟就像我的好朋友一样开始鸣叫，似乎是在喊我的名字。

我们请的向导是休伊特最小的儿子，他才二十来岁，但已经是一名经验丰富的猎人。我们迫不及待地从休伊特家出发，一刻不停地赶往森林。我们的目的地距离这里大概六英里，是波瑞阿斯河的静水湾。波瑞阿斯河是哈德逊河的支流，河流深长幽暗。我们在这里呆了两三天，居住的是伐木工人留下的破旧工棚，使用的炊具也是伐木工人留下的一只旧炉子。值得一提的是，我在这两三天的时间里，凭借自己精湛的钓鱼技巧，在静水湾里钓了半打大鳟鱼，而我们年轻的向导尽管付出了很大的努力，却一无所获。

根据经验，我知道这里肯定有鳟鱼，只是季节有点晚，河水的温度偏高，鳟鱼都躲在深水区，不容易上钩。因此，我便到深水区的边界处去钓。刚开始，我好半天才钓上来一条，于是，我把这条鳟鱼切成小块，每一块大约一英寸长，把它们当做我接下来垂钓的诱饵。我把放好诱饵的鱼钩放进静水湾源头主流的一侧，这一次，还不到二十分钟，我就钓到了六条鳟鱼，其中三条大的都超过了一英尺。

在河对岸钓鱼的向导和我的朋友们，都看到了我的"丰功伟绩"，纷纷表示折服，并且慢慢将钓鱼地点移到了我身边，可惜还是一无所获。糟糕的是，他们的做法让我的努力都白费了，我再也没有钓上来一条鳟鱼。不过，我却因此获得了向导的认同，从此，他开始用同事般平等的态度对待我。

一天下午，我们在离小溪两英里远的地方，发现了一个山洞。我们沿着山一侧的缝隙艰难地行进着，大约走了一百英尺之后，我们进入了一条有圆顶的通道。这里终日不见阳光，是蝙蝠的福地。每年的某个季节，都有为数众多的蝙蝠来这里栖息。山洞里有很多缝隙和凹孔，我们只看了一小部分。从山洞里随处可以听到的流水声，可以推测出附近有一条小溪，而山洞入口处的残缺不全，也正是小溪兴年累月侵蚀的结果。这条小溪的源头是山顶上的一个湖泊，所以当其流至山洞入口时，仍带着山上的温度，让人感觉无比温暖。

在这里的树林里很少见到鸟类。在我们驻扎地的上空，有一只鸽鹰在飞翔；远方传来五十雀的尖叫声，那是她正在带领自己的孩子们穿越树林。

第三天，年轻的向导说要带我们去看山上的一个湖，届时，我们还可以顺着湖水的流向去寻找鹿。

刚开始的一段山路非常难走，我们大约攀爬了一个多小时，才越过陡峭的山坡，进入一块高地的松树林。很多年以前，这片树林曾被伐木工人砍伐殆尽，但现在，它又是一片郁郁葱葱了，这对我们的行进无疑又是一个考验。我们经常见到黄桦树林、山毛榉树林、枫树林，但松树林却很少见到。背着枪跋涉对我们每个人来说都是负担，但如果真的遇到猎物，我们就可以轻松应对了。这也是支撑我们没有把枪扔掉的原因。

我们继续前进，有时我们能看到松鸡从我们头顶上空扑棱棱飞过，或者红松鼠从我们面前逃窜而去。除此之外，我在林中再没看到别的鸟类。在这片松树林中，最引人注目的是一棵老松树，我断定它是唯一侥幸逃过伐木工人利斧的一棵，它矗立在半山腰上，俯瞰着山下的一丛黄桦树。

快到中午的时候，我们行至一个狭长的湖边。年轻的向导告诉我们，它叫血鹿湖。相传，在很多年以前，一头麋鹿在这里被杀害，它的血流进这个湖里，血鹿湖由此得名。我们的目光投向远处苍凉的景色，突然，年轻的向导好像看到了什么，那个黑影正在吃睡莲。我们马上把它想象成了一头鹿。我们焦急地等待着，希望用事实来证实自己的想象，这时，它好像要满足我们似的，慢慢抬起了头。快看！原来是一只蓝色的苍鹭。

当我们慢慢靠近时，苍鹭展翅腾飞，在血鹿湖对岸的一棵枯树上落了下来。苍鹭的出现并没有给苍凉的气氛增加活力，反而使其显得更加苍凉。我们不断前进，苍鹭也不断前行，他始终在我们前面不远处的树上，似乎是在监视我们这些打扰他清静的人。我们在血鹿湖旁边发现一些瓶子草，还有含苞待放的龙胆蓝。

我们穿过荒寂的血鹿湖。我开始讨厌这种寂静，希望能有什么东西刺激一下我的神经。我盼望大自然能透露一点它的奥秘，或者让我见到一些珍稀动物。在人们的意识当中，所有生命都和水有着千丝万缕的关系。当我们独自行走时，常常会陷入某种异想天开，希望沿着小溪的流向，能找到某种奇迹。有一次，我独自一人走在同伴的前面，当我走过一块高处的岩石时，发现湖边的水好像在动，于是匆忙赶到那里，可是，等待我的却是几只麝香鼠的脚印。

我们在经历一番艰难的跋涉之后，终于穿过了纵横交错的森林，并在下午到达了目的地——耐特湖。湖水清如明镜,犹如精工巧匠在这里雕刻出来的一样。耐特湖长约一英里,宽约半英里,由香脂冷杉、铁杉、松树构成的森林环绕在周围,跟我们刚刚经过的血鹿湖一样,是孤寂和荒凉的代名词。

然而,让你感到荒凉的,并不是森林。你听,森林里有声音,你身边有旅伴,只是大家都不说话,这让你觉得自己好像也变成了一棵树,一棵会走路的树。当你来到湖泊前面时,原始的野性彰显出来,荒野的气氛弥漫在四周。水流是那样的温柔,但正是它的温柔让荒野显得更为荒凉,让艺术显得更为纯粹。

我们所在的这一边,湖水很浅,几乎称不上是湖,而只能算一条夏天的溪流,湖底的石头露出水面,到处都是动物的足迹、粪便、被啃去一半或全部啃完的睡莲——这很可能有我们向往的珍稀动物。我们休息了半个小时之后,用枪捕获了很多这里的上等青蛙,并重新充实了子弹袋。然后,我们穿过柔软、含有松脂的松树林,去湖那边的一个营地。年轻的向导跟我们说,那里有一个现成的小木屋,是这一带的猎人留下的。半个小时后,我们如期到达目的地。

那里的一切是那么和谐,那么热情,森林该有的亲切感和感化力都汇聚此处,让人心里顿时产生一股喜爱之情。在离湖一百多英尺的地方,是一块地势很低的洼地,那个简陋的小木屋就坐落在那里。四周的山毛榉、铁杉、松树在为它遮阳,再往外围,是香脂冷杉和枞树,如此严密的布局让猎人很难看到湖面。我们不得不表扬一下小木屋的样式,它周围三面是墙,前面是一大堆树枝和一大块岩石,以作为燃料,房顶是树皮做成的。

在小屋里,隐约可以听见水流的声音,循着水声寻找,你会发现一条奔涌的小溪。小溪的水面上覆盖着一层苔藓和枯枝败叶,你几乎看不到小溪的存在。不过,偶尔有几处地方,也能看到汩汩的溪水往上冒,好像是专门为我们准备的。在一根圆木的光滑之处,我发现一个女人的名字,而且可以看出那是一个女人的笔迹。我们的向导说,那是一位英国的女艺术家刻下的,她曾在一名向导的带领下,在这一地带写生。

我们把行李放下,烧了一壶开水。然后就去查看独木舟的保存情况,要知道,这个所谓的独木舟关系着我们能否出行去寻找鹿。我们的向导信誓旦旦地说,去年夏天他把独木舟放在了这里。经过一阵搜索,我们终于在一棵倒下的铁杉树树冠处找到了它,但它的状况却让我们大为失望。它的一端有一大片很明显的裂痕,就连吃水处也有一个可怕的裂口。不过,我们还是把它弄出来,用苔藓堵住了裂缝。

经过一番修整,独木舟勉强可以载两个人出行,也算满足了我们的要求。只要再配上一个旋转支架和一支桨,我们就可以如愿出行了。我们各自施展自己的木工技巧,希望在天黑之前完成这两件工具。我们找来一棵黄桦树,把它削成了桨的形状。不是自夸,这支桨的表面光滑顺溜,简直找不到一点瑕疵,它看上去根本不是临时应急的道具,而是要充分发挥其功能的工具。

同样,旋转支架也很快完成了。首先,我们把一根三英尺长的木棍竖在船头,并用一根横木对其进行固定,长木棍可以通过下面的洞自由转动。然后,用一块木片削出直径八英尺至十英寸的半圆形木片,并将其放在长木棍的顶端,旁边再放一个桦树皮做成的弧形断面,这样一来,一个半圆形的反射镜就做好了。中间再放上三根蜡烛,旋转支架就完美无缺了。独木舟里的两个座位,分别位于船头和船尾,都是用苔藓和树枝做成的。船头的座位属于射击手,而船尾的座位则是让划桨手坐的。

我们的晚餐是用青蛙和松鼠烹饪而成的大餐,这让我们十分满足。当天色渐渐暗下来后,我们开始因为独木舟的存在而兴奋,因为它将给我们带来一次不同寻常的冒险。虽然我的枪法称不上精准——最多是一般水平,只不过热情高涨——却被大家公认为是射鹿的不二人选，假如我们能够找到鹿的话。

按照计划，我们会在天黑之后顺流而下，去碰碰运气。大约晚上十点钟的时候，我们怀着激动的心情出发了。临行前，我不忘又一次摸了摸口袋里的火柴，以确定它真的在那里。一路上，我脑子里想的都是射击的动作，同时紧紧握着手里的枪，以防万一。我是跪蹲在旋转支架下面的，只要一听到命令，就要马上开枪。黯淡的夜色，没有月光，万籁无声。当我们快到湖中心时，西边吹来了丝丝微风，我们在微风中悄无声息地拨开水面。

我们的向导真不愧是划桨的能手，他无需把桨提出水面再落下，就能让我们的独木舟保持匀速前进。在如此静谧的夜晚，能够感受到这一切的似乎只有耳朵。间或，我们能够听到船头微弱的水声，那是睡莲与船底摩擦的声音。除此之外，再也听不到别的声响。

接下来，我们驶入一个巨大的阴影里。当我们行至湖中心后，星光在湖面的投射，让水面闪闪发光，这使得罩在我们头顶上方的森林的阴影有了层次感，呈现出一圈一圈的黑色阴影带，就像是某位魔法大师施的魔法，让人胆战心惊。我头脑里闪过一个念头，难道我们已经跨过现实和虚幻的界线，来到黑暗的幽灵王国了吗？这个向导的桨是不是有魔力呢？竟然能把我们带到这样的国度。难道我真的错了吗？不该放弃那个牢靠的向导，以至于让这个懂得黑魔法的人取而代之。湖岸边传来哗啦啦的水声，打断了我的思路，也打破了寂静的气氛。我很紧张，目不转睛地盯着桨手看。他说："是一只麝香鼠"，然后继续划桨。

快要划到湖对岸时，小舟划着弧度掉转了船头。在沉寂中，我们再次来到了那条黑色阴影带的起始处。像先前一样，仍有轻微的声响，却没有我们期待的猎物出现。结果可想而知，我们空手而归。

一小时后，也就是子夜时分，我们重新起航。等待并没有让我变得迟钝，相反，我更加灵敏了。在每年的这个季节，适逢子夜时分，往往能看到"寥寥无几的星辰"温柔地眨着眼睛，泛出柔和的光芒。像第一次一样，我们又来到了那个怪异的阴影地带。这里的氛围更加沉寂：一只鸟偶然从小船上方的天空飞过，隐隐约约传来展翅的"扑哧"声；一只蝙蝠呼啸而过；一只猫头鹰的叫声隐约从远方传来；这些动静反而给沉寂增色不少。这时，有什么声音惊醒了我，于是，我用询问的目光看向船尾那个沉默的桨手。

原来，我们又一次来到了湖对岸，只得再次调头返回。这一次，我的探奇心理和热情都大大减弱了，就连大自然都觉得累了，收起了唯美的画卷。船在湖面上缓缓前行，作为枪手的我似睡非睡。但很快，向导低沉的声音让我清醒过来："那里有一只鹿。"我迅速拿起放在船舱里的枪。我屏住呼吸，只听见远处传来树枝哗哗的响声，然后就是某种动物涉水的声音。我听出那声音来自湖对岸，就在我们的驻扎地附近。我们仍然像先前一样默默前进，只是暗暗加快了手中桨的速度，持续加速，很快，我们的船离声源处越来越近。

现在，我有点茫然不知所措，就像一个满怀热情准备猎获灰松鼠的猎人，在突然碰到一只狐狸后，忘记自己手里有枪一样。我觉得船上的空间已经不够我活动了，但船身是不可能再调整了，只能是我挪动自己的身体，并因此发出声响。此时，微弱的声音从我身后传来："点着旋转支架。"听到命令，我手忙脚乱地去掏火柴，结果不慎将第一根掉在了船舱里，我赶忙去掏第二根，又不小心将第二根折断了，第三根好不容易点着了，却由于我的心急，在接近旋转支架时灭掉了。我竟然点不亮旋转支架，可我们马上就要靠岸了，因为我已经听到了睡莲摩擦船底的声音。我决定再试一次，这一次终于成功了。由于小船行驶速度很快，让我感到一阵微风拂面，顿时，我们面前的水面亮了起来，可是小船依然在黑暗的掩映下前行。

此时，我已经放松下来，恢复了灵敏和理智。我做好射击准备，随时准备向猎物开枪，可是，周围却再次陷入寂静。眨眼的工夫，我们已经能够看见岸边的树木。在我眼里，所有的事物都像化身成了鹿的形状：那块巨大的岩石就像一头跳跃的鹿、那棵倒在地上的树的树枝就像是鹿角。

但是，那两个闪烁的光斑是什么呢？还有必要告诉读者是什么吗？刹那间，我看见了一颗鹿头。慢慢地，他的脖子、他的肩膀、他的整个身体都呈现在我眼前。他站在齐膝深的水里，目不转睛地盯着我们看。在此之前，他可能正怡然自得地寻找睡莲吃，却被湖面上的亮光吸引了。"开枪打他"，有人催促我。枪声响了，他那边传来凌乱的脚步声，然后是摩擦树枝的声音。

我对向导说："被他跑掉了。"但向导却对我说："等一下我带去你看看就知道了。"小船以最快的速度划到岸边，我们跑到岸上，借助灯架微弱的光四处搜寻。在一处圆木和灌木丛混杂的地方，我再次发现了那两个闪烁的光斑。然而，完全没有开第二枪的必要了，因为这个可怜的家伙倒在地上，已经奄奄一息了。但这对我来说，却并不是一件值得自豪的事，因为这只是一头年老的雌鹿，整整一个夏天为子女所付出的爱已经让她精疲力竭了。

这样的猎鹿方式，让我备感新鲜。起初，被猎的动物只会感到好奇或者迷惑，而不会害怕。他像是被施了魔法，目光始终盯着猎人们。如果等到鹿反应过来想要逃跑时猎人才开枪，那是不可能成功的，只有在他还迷迷惑惑时开枪，才是最好的时机，才能一枪击中。

站在岸边观看湖里的景色，我没有看到任何异常。周围静悄悄的，没有一点声音，只有一束光在吸引你的目光，就像是来自地狱里的眼睛，始终盯着你看。

向导告诉我们，如果一头鹿从这种猎获方式中逃走，那么他此后就再也不会上当了。逃走之后，他还会发出冗长的鼻音，以此为信号，告诉其他动物有危险，让他们赶快逃走。

猎鹿之后,我又小小展示了一下我的枪法,用左轮手枪打死了一只野兔。我们在驻扎地生起的篝火吸引了他,他居然胆敢闯进我们的领地,甚至不知死活地去吃我们放在一棵大树下的浓缩牛奶,就在这时,我用枪击中了他的脊骨。

所有在大自然中居住过的人都会发现,早起是一件很简单的事。居住在城市里的人们,正因为远离大自然,才放弃了早起的习惯,变得贪睡起来。当一个城市居民早晨睁开眼睛时,其实已经不是早晨,而是早饭的时间。可是,如果是在野外,情况就大不相同了。清晨就流淌在空气中,你可触、可看、可闻,而且会激灵一下清醒过来。当我们听到呼喊吃早饭的口号时,都争先恐后地跑了过去,在那棵倒地的树干上放着吸引我们的烤鹿肉,但几乎所有人都只吃了一片就不吃了,因为它黑不溜秋的,很难吃还有股怪味。

在一个天气晴好的日子里,我们悠闲地在树林中漫步。森林是大自然的子民,漫步其中真是一种难得的享受。大森林树木茂盛,庄严肃穆,但又香醇可人。这里没有熊熊的火焰,没有伐木工人挥舞的斧头,所有的树枝和树叶都保持着最原始的状态。地面上覆盖着一层厚厚的苔藓,我们每走一步,都踩在软绵绵的苔藓上,就像踩在雪上一样。苔藓把地表的所有物件都遮盖住了,小块的岩石成了绿色的座椅,大块的岩石成了绿色的床,而整个森林则成为了古代斯堪的纳维亚雍容华贵的客厅,其装饰技巧巧夺天工。

我在一棵垂落着石松毯的松树底下坐下来,小憩了一会儿。当我醒来时,发现一群山鸡正在叽叽喳喳地看着我,似乎是在说我的闲话。不一会儿,又飞来三四只林莺,他们同样用好奇的目光看着我,似乎怪我闯进了他们的领地。除此之外,再没有其他动物对我的到来感兴趣。

我在湖岸边,遇见了老相识——雪松太平鸟。或许他就是果园里的那只雪松太平鸟，只是到这里来休闲度假的。人们常常把他误认成翔食雀，因为他模仿翔食雀实在是太像了。一个月之前，我还看见他在果园里吃樱桃，而现在，他已然来到湖畔玩耍嬉戏，以度过令人烦躁的三伏天。他落在一棵枯树的树冠上，随心所欲地向各个方向飞去，有时飞得高一点，有时飞得低一点，有时几乎要擦到地面，飞累了，他就飞回到树冠上休息一下，然后重新开始下一次游戏。

这里也有松金翅雀，他一如既往地害羞，露出期盼的神情。令我惊喜的是，我还见到了我最喜爱的歌手——隐居鸫，但他们此时已经不再唱歌了，并将在两周之内飞到南方去。我在阿迪朗达克山脉就只见到这一种鸫类，他们大多聚集在山莓和野樱桃遍野的桑福特湖附近，常常被放牛的牧童误认成"松鸡"。很明显，那是因为他受到惊吓时，总是发出松鸡那样的"咯咯"声。

耐特湖里有很多种鱼，比如鲈鱼、翻车鱼，但却没有鳟鱼。鳟鱼对生存环境的要求很高，它之所以不在这里生活，是因为这里的水质不好，不够透亮。还有其他种类的鱼像鳟鱼这样挑剔吗？再向北走一英里有一块高地，那里的一个湖泊中生活着鳟鱼。

天空突然下起了雨，我们不为所动，继续冒雨前行。大概走了十二英里的样子，我们来到一个叫做下游铁厂的地方，这是去长湖的必经之地。从这里开车去长湖，需要整整一天时间。于是，我们在这里找了一家旅店，心安理得地享受店家给我们提供的服务。这里的居民很少，但土地面积却很大，还有几个不错的农场。

在这里，可以看到马西山印第安隧口以北山脉的全部景观，但我们来到这里时，却恰逢大雾天气，直到第二天上午大雾也没有散去。下午，风向改变，云开雾散，我们见到了这次旅途中最壮美的景色——原本烟雾缭绕的群山，借助风那双带着魔力的手将头纱撩去，马西山、葵金泰山、戈尔登山，赫然出现在我们面前。

我在这里见到的鸟类有：黑鹂、麻雀、孤滨鹬、加拿大啄木鸟、蜂鸟。值得一提的是，这里的蜂鸟出奇地多，是我所见过的蜂鸟最多的地方。他们似乎无处不在，叽叽喳喳的叫声鼓噪着你的耳膜。

这里所谓的铁厂，早已是陈年往事。事情发生在三十多年前，阿迪朗达克河附近铁资源丰富，于是，新泽西城的一家公司购买了这一地区大约六万英亩的土地，然后建桥筑路，铸造熔铁炉，开始大炼钢铁。

我们脚下的大坝将哈德逊河拦腰截断，使河水不得不返流回上游五英里之外的桑福特湖。再加上湖本身的六英里，一条十一英里长的水路形成了。通过这条水路，可以到达上游铁厂，而在当时，那是唯一正常运转的工厂。我们来到下游铁厂后，并没有看到明显的铁厂遗迹，除了一座座长满杂草的小土丘。但很快我们就得知，原来这些小土丘是昔日几百积层的木块，堆放在这里用来烧熔铁炉的。

我们的下一个目的地，是一个荒废的村庄。它坐落在距此十二英里的上游铁厂，昔日规模很大，居民也很多，而现在却被遗弃了，只剩下一户人家。

沿着河边的小路，我们看到三四个已经荒废的农场。这条小路延伸到湖边后，继续向前蜿蜒。很明显，这条路已经很久没有人走了，我们不得不用心看路。一路上，我们见到一只冠蓝鸦、两三只小鹰、一只孤旅鸽、几只皱领松鸡。一座摇晃不定的小桥搭在湖的入口处，我们顺利通过了这座小桥。很快，一些荒废的房屋出现在我们的视线里。最让我难忘的，是一个农家小院，房门上的门栓斜着耷拉在门框上；窗户上的窗格几乎脱落殆尽，显得无精打采；院子里和小花园里长满了猫尾草，篱笆墙也已经腐朽。

我们行至湖的发源地，发现在陡峭的湖岸上矗立着一座石质建筑，沿路延伸了很远。再往前走，是一个村庄。这时，我们看到前方有一股炊烟升起，距离我们大概一英里的样子。知道目的地就在前方，我们走路更快了，终于在太阳下山之前赶到了那个被遗弃的村庄。那里仅剩下的一家人在听到狗的叫声后，全都出来了，他们站在大街上，等着我们走近。这里很少有陌生人到访，所以我们受到了热情的接待。

这个家庭的男主人叫亨特，是典型的美国化的爱尔兰人，女主人是苏格兰人。他们生育了五六个孩子，其中年长的两个女孩子已经成年，她们很漂亮，带着几分羞涩。年龄最大的那个女孩曾经在纽约住过一个冬天，也因此显得更加不知所措。亨特在一家公司上班，他的工作就是居住在这里，让这块土地随时间的流逝渐渐衰落，而不是被人为地破坏掉，他的酬劳是每天一美元。

他们居住的木制房屋高大、坚固、宽敞。此外，他还建造了同样坚固的牲口棚，饲养着大量牲畜；他还拥有大量土地，有草地、有林地，也有庄稼地，但仅仅是为了自给自足，因为这里距离市场有七十多英里，实在是太远了。按照惯例，他每年都要去一趟尚普兰湖畔的泰孔德罗加，以购买生活必需品。离这里最近的邮局在下游铁厂，距离这里十二英里，邮递员一个月只来两次。在方圆二十五英里的范围内，找不到任何一个医生、律师或牧师。在寒冷而漫长的冬季，时光悄然流逝，而他们将见不到除家人以外的任何一个人。在夏季，他们偶尔会见到从这里经过的团队，那是要去印第安隘口和马西山的人们。在开垦出的草地上，每年都有几百吨晒干的猫尾草腐烂掉。

太阳落山后，我们来到长满杂草的大街上。目之所及都是破败与荒凉，这样的景象让人不免伤感起来。但到第二天，我们却看到了奇观，这是村里工厂工人的宿舍区，总共有三十多座房屋，其中绝大多数是木制的。房屋前面是一个面积不大的小院，房屋后面是一个小花园。稍远处还有一栋两层高的工人公寓楼、一所有闹铃的圆顶学校、很多仓库、一个锯木厂。

在锯木厂的院子里，放着一堆圆松木，码放整齐，看上去似乎可以随时装车拉走。但可惜的是，如今已经腐烂了，只要用一根木棍轻轻一捅，就能捅出一个大窟窿。我们推开其中一所房子的门，发现里面装满了木炭，已经堆积到了门口。经受岁月的洗礼之后，炼铁厂已经面目全非，但学校依然在使用，亨特的一个女儿在这里教弟弟妹妹们读书。学校的图书馆里有一百多本书，但都被翻得不成样子了。

可能是因为没有其他娱乐活动，亨特一家人都酷爱读书。我们这次去时，从下游铁厂的邮局给他们带去很多有插图的报纸，他们一家人很是喜欢，看了一遍又一遍，乐此不疲。

在这里，随处可见堆积如山的铁矿石。但让人们发愁的是，如何把铁从这些铁矿石里提炼出来，再加上昂贵的运费以及原本规划好的铁路工程的搁浅，使得这里的炼铁厂只能关门大吉。但我相信，过不了多久，这里就会被重新开发，所有的难题届时都会迎刃而解。

对于目前的状况来说，这里无疑是个度假休闲的好去处。不管是钓鱼、打猎、划船还是爬山，都很方便，更为重要的是，晚上的住所也很舒服。很多时候，人们会因为休息不好而无法欣赏野外的风光，一旦这个问题得到解决，人们就可以精力充沛地玩各种游戏。

向村庄的东北方向走半英里，就到了亨德森湖。它的形状不规则，呈弯曲的状态，直径不足一英里，与几个陡峭的灰白色岬角（因为其岩石都是灰白相间）相连，周围是常年碧绿的黑森林。亨德森湖里的水清澈无比，很适合鳟鱼生活。发源于印第安隘口的一条小溪，跋山涉水流到这里，为亨德森湖注入了新的活力。

向村庄的正南方走一英里，是桑福特湖。与前者相比，它的湖面更为宽阔，容积也更大。在岸边的很多地方，都能看到马西山和印第安隘口的峡谷。看上去，印第安隘口就像是一座山裂开后的裂缝，其中的一半山高耸入云。桑福特湖里的白鲈鱼和黄鲈鱼很多，人们常常能钓到十五磅重的黄鲈鱼。

  不管是在亨德森湖还是在桑福特湖，都能看到野鸭、秋沙鸭或者红秋沙鸭。只要一见到还不会飞的小鸭子，我们就忍不住要追过去。可是我们这条只有两支桨的小船，是根本不可能追上他们的。即便如此，我们还是无法克制追逐他们的欲望，每天一到湖边，就想要划船去追，往往需要刻意地自制很久，才能平静下来，坐下来安静地钓鱼。

  湖东面的土地，昔日曾是一大片树林，后来不幸被烧毁，如今长满了野樱桃和红山莓。这里有很多皱领松鸡和加拿大松鸡，我曾经一气打到八只加拿大松鸡，只用了一个小时的时间。当我准备打第八只的时候，发现子弹没有了，于是就用小石子代替子弹，一下子就击中了他。他带着伤惊慌失措地逃进了灌木丛中。这时，我把一根带杈的树枝从灌木丛的缝隙中伸进去，捅到了他。很快，他便一命呜呼了，这是一只年老的公鸡。

  这里还有很多旅鸽。在沼泽地旁边的一棵枯树上，有一大群旅鸽栖息在上面。我走过草地，越过树篱，慢慢向他们靠近。但我才走了几步，他们就突然飞走了，在不远处一个山头的上空盘旋。正当我纳闷的时候，一只斑纹鹰落到了刚才旅鸽的位置上。我后退几步，驻足观看，一时不知道该走哪条路。就在此时，那只鹰突然像射出去的箭一样冲向天空，旋即又以同样的速度向我扑来。我惊呆了，半分钟不到，我们之间的距离就只有五十英尺。他好像看上了我的鼻子，直奔我的鼻子而来。几乎是在本能的驱使下，我扣动了扳机，随即，这个胆大妄为的家伙落在了我的脚边，已经血肉模糊。

  在阿迪朗达克山脉，我们非但没有看到熊、豹、狼，甚至野猫等动物身影，就连他们的声音都没听到。梭罗曾说:"荒野在咆哮,事实上荒野从未咆哮,咆哮的是旅行者自己的思想。"亨特告诉我们,他曾无数次看见熊留在雪地上的足迹,却从来没有亲眼看到过熊。可能哪里都会有那么几只鹿,一个老猎人甚至说他在山里见到过一只麋鹿。

在返程途中,我们在一个早期拾荒者的家中度过了一夜。他告诉我们,他曾捕获过一头美洲豹,那过程真是又新鲜又刺激。他惟妙惟肖地描述美洲豹的怒吼声,详细讲述他如何追踪它,如何在船上看到它双眼的亮光,又是如何瞄准它的眼睛进行射击。当拾荒者正在给自己的冒险经历收尾时,他的妻子好像在抽屉里翻什么东西。拾荒者刚讲完,他的妻子就把从抽屉里翻出来的东西递给了我们——那是一只豹的一个脚趾盖,这无疑让这个故事更加真实。

我认为,在这次旅行中,默默地与大自然交流,远比钓鱼、打猎、看风景或者外出冒险更有意思。我们触摸着湖泊和小溪,仿若触摸到了大自然母亲的脉搏,借此来判断她是否健康,是否有活力,而大自然母亲则可以随心所欲地展示自己。

——1866 年

鸟巢

哀地莺

苍鹭

蜂鸟

白头海雕

红衣主教雀

鸟儿是一种警惕性很高的小动物，就是他们在筑建巢穴的时候，也会万分警惕。

我发现一对雪松太平鸟，正在林中一棵枯死的大树上收集筑巢用的苔藓。顺着他们飞行的轨迹，我很快找到了他们的巢穴。它建造在一棵高大的枫树的枝杈上。我悄悄来到枫树下，静静地等待那对太平鸟归来。

没过多长时间，我就听到了他那熟悉的悦耳鸣叫声。紧接着，一只雌鸟落入我的眼帘，她姿态翩翩地落在即将完工的巢穴上。但几乎是在同一时间，她又惊慌地飞逃而去了，可能是受到了我这个不速之客的惊吓。没多大会儿，那只飞回来与雌鸟会和的雄鸟回来了，嘴里衔着一撮羊毛。

然而，他们只是躲在附近的丛林中观察心爱的家。他们惊恐不安地在附近盘旋，直到我离开那棵枫树，他们才肯接近自己的家。其中一只先落到巢穴上，侦查了一下周围的情况，又迅速飞走了，然后，他们又一起飞回来，很快又一起飞走了。就这样，他们如是再三地侦察试探了一番之后，才小心谨慎地继续筑巢的工作。

也就是两刻钟的时间，他们就弄来了足够全家用的羊毛。看上去，这真是个踏实而温暖的小家，他们编织得那么精细，就连我们的针线也达不到这样的水平。在此后的一周里，雌鸟将会陆续产下四枚鸟蛋。这些鸟蛋的颜色白中发紫，在稍大的一端有个黑色的斑点。经过半个月的孵化后，这四个鸟蛋就会变成毛茸茸的雏鸟。

相对于别的鸟类来说，这种鸟筑巢比较晚。在北方的气候条件下，他们到7月以后才会开工。究其原因，可能是因为筑巢过早很难找到适合幼鸟的食物。

和麻雀、知更鸟等常见鸟儿一样，太平鸟也会寻找比较偏僻的地方哺育后代。但有时，他们也会在有人居住的地方繁衍。我曾经看到一对太平鸟在一棵苹果树上建巢，而那棵苹果树紧邻一栋房子。我仔细观察了那对鸟儿，发现他们在筑巢前，会先认真考察那棵苹果树的枝丫。雌鸟在前面考察，雄鸟在后面考察，雌鸟还不时温柔地回头看一眼自己的爱人。很明显，这次爱妻要作一个重要的选择，而且她似乎已经决定了，一根靠近房子的高高的苹果树枝当选为巢址。

短暂庆祝之后，他们便投入了忙碌的筑巢工作。通常情况下，他们的鸟巢要比他们的身体大几倍，堪称是集舒适和美观于一体的多功能住宅。

有一次，我在林中散步（观察大自然是不能像跑步那样匆忙的）的时候，突然听到有规律的敲击声，就在我身边不远的地方。我寻思道："又有人在盖房子了。"凭借以往的经验，我推测在附近某棵干枯的橡树顶上有一只红头啄木鸟。我放轻脚步，慢慢向那里走过去，终于，我在腐朽的树干顶部发现了一个圆洞。那个洞口的直径大约有一英寸半，像是钻头钻出来的一样，树下的土地上有一堆白色的碎屑，这是工匠劳作的证据。

然而，当我快到树底下时，不小心踩到一根干树枝，弄出了一些声响。于是，敲击声突然停止了，从洞里露出一个红色的小脑袋。虽然我尽最大努力保持静止，甚至连眼球都不敢转动，以免再弄出声音，但这似乎并没有打消红头啄木鸟的顾虑，他仍然不愿意开工，反而飞到了旁边的一棵树上。让我感到惊讶的是，即便是啄木鸟忙于工作时，也能准确无误地察觉到外面轻微的响声。

所有啄木鸟的筑巢方式基本上都一样，他们在腐朽的树干或者较粗的树枝上，钻一个足够容纳他们身体的大洞，并铺上一层软软的木屑，之后，才会把鸟卵产在里面。虽然这种巢穴不是那么美丽精致，更与艺术品不挨边——它需要力量而非技艺——但它却非常坚固，也很安全。鸟卵和幼鸟们就是借此来挡风遮雨和抵御松鸦、鹰、猫头鹰等天敌的伤害的。啄木鸟们宁愿选择枯死很久、比较松脆的朽木开凿洞穴，也不愿将那些自然形成的树洞作为洞穴。

他们一般先是在树干上平行啄出一个几英寸深的浅洞，使其与自己的身体大小差不多，然后再根据树木的材质、雌鸟产卵的时间，慢慢向下将洞身扩展至十英寸、十五英寸或二十英寸不等。这项伟大的工程，是雄鸟和雌鸟交替完成的：其中一只在连续工作十五分钟到二十分钟之后，就会飞上枝头呼唤另外一只。当另外一只飞来后，会挨着先前那只落在树枝上，然后两只鸟密谈一阵子，之后，后来的那只钻进洞里继续工作，先前的那只飞往别处。

前几天，我曾爬到一棵腐朽的糖枫树的树顶，因为那里有一个绒啄木鸟的巢。那个洞穴建在树干上伸出的一根枝杈的下面，洞口的直径只有一英寸多一点。在树枝的遮盖下，很难看出那是一个洞口，倒更像是布满斑点的树皮上的一道阴影。如果不是离得特别近，你根本看不到它的存在。我慢慢靠近洞穴，耳边传来了幼鸟叽叽喳喳的叫声，可能他们以为自己的妈妈来给他们喂食了。但是，当我爬到与他们平行的位置，向他们伸出手时，他们突然鸦雀无声了，似乎是被一种奇怪的沙沙声吓到了。那个洞穴有十五英寸深，很像一个葫芦，里面的装潢也很考究，四周平整光滑，很明显是一个新洞穴。

我曾去卡茨基尔山的支脉——比弗基尔山考察。在那里的一棵老山毛榉树上，我发现一对黄腹啄木鸟正在给自己的孩子喂食。那一幕，我永生难忘。在我们这一带，黄腹啄木鸟很少见，再加上他喜好僻静，人们平时很难见到他。不过，需要说明的是，黄腹啄木鸟很漂亮，仅次于最漂亮的红头啄木鸟。

那时，我们同行的三个人终日在深山老林里游逛，想要找到有鳟鱼的湖，有两次还迷了路。那一次，我们走了很远之后，觉得又累又饿，便随意坐在一根圆木上休息。这时，我的注意力被几声黄腹啄木鸟幼鸟的叫声吸引了。我发现，他们的洞穴位于离我不远的一棵树上，入口在东侧，距离地面大概二十五英尺。鸟父母正在给自己的孩子喂食，他们交替进行，每一分钟轮换一次。

现在，其中的一只衔着虫子飞回来了，俯下身，用警惕的目光环顾一下四周后，迅速把头伸进洞穴里。此时，他会略显迟疑，好像是无法决定先喂哪个孩子，随即，他完全钻进了洞穴里。大约半分钟之后，幼鸟们停止了啼叫，而鸟家长也现身了，只不过，他原来衔在嘴里的虫子，现在已经变成了幼鸟的粪便。他小心翼翼地伸着头飞翔，好像生怕粪便沾到自己的羽毛上。大概飞出洞穴二十英尺后，他把粪便丢到了地上，然后落到一棵大树上休息，同时不忘用树皮和苔藓把嘴擦干净。

这就是他们一天的工作——运去食物，运来粪便。在我观察黄腹啄木鸟喂食的这一个小时里，我的同伴们则在勘测这里的地貌，根本没有留意鸟父母的精彩表演。让我百思不得其解的是，雏鸟是否也像人一样需要按时进食？洞穴里面乌黑一片，雏鸟又挤在一起，鸟父母是如何精确完成喂食的？关于这些问题，鸟类学家们并没有给我们答案。

事实上，鸟类这种搬运东西的技巧并不稀奇，只要是在陆地上生活的鸟类，几乎都会这种技巧。而对于需要凿洞栖息的鸟类来说，比如啄木鸟、崖沙燕、翠鸟等，搬运粪便则是他们得以生存的基本条件。因为洞穴中堆积的粪便过多，会对幼鸟造成致命的伤害。

而且，就算是不需要凿洞，而只是在树枝上或土地上搭建鸟巢的鸟类，比如知更鸟、雀类、鸦类等，也需要鸟父母把幼鸟的粪便搬到别处。如果人们看到知更鸟飞出鸟巢，姿势缓慢而沉重，完全不同于衔樱桃或虫子时那样轻便，那么，毫无疑问，它正在进行搬运粪便的工作。如果你留心的话，会看到群织雀在喂完幼鸟后，总会逗留一下，围着鸟巢跳来跳去，查看巢里的情况。

不难看出，是鸟儿天生爱干净的本能，促使他们做出了上述例子中的行为。当然，其中难免会掺杂遮盖鸟巢的嫌疑。

但是，也有例外。比如燕子，其幼鸟是直接将粪便排在鸟巢外面的。另外，它也不会遮盖鸟巢，这同样有别于其他鸟类。他总是试图将鸟巢建得更高，而不是将其遮盖起来。除燕子外，鸽子、鹰、水禽也都属于例外的鸟类。

回到正题上来。当啄木鸟在洞口进进出出的时候，我得以将其色彩和斑点看清楚。我发现，奥杜邦所描述的——黄腹啄木鸟的雌鸟头上有一块红色斑点的说法，是不正确的。我观察了很多成对的啄木鸟，从未发现一只头上带红色斑点的雌鸟。

看着羽翼丰满的雄鸟，我把他打了下来，尽管这并非我的本意，实在是为了做标本的无奈之举。第二天，当我从这里经过时，我停下了脚步，想要看看发生了什么事。不得不承认，当我听到幼鸟嗷嗷待哺的叫声，看到母鸟孤寂的身影时，备受良心的折磨。现在，她要独自承担起支撑家庭的重担，付出双倍的努力照顾自己的孩子们。她忙碌地飞来飞去，但偶尔也会停落在一根树枝上遐想一下，叫上一两声，似乎是在怀念自己的丈夫。

不管是哪种鸟，如果雌鸟正处于孵化期，而雄鸟被杀，那么雌鸟会以最快的速度重新找一只雄鸟。在任何地方都不乏单身的雌鸟或雄鸟，这就使得破碎的家庭得以修复。我不确定是奥杜邦还是威尔逊，曾讲过一对鱼鹰的故事：一对鱼鹰把巢筑在一棵老橡树上，雌鸟进入孵化期，而雄鸟则守在旁边，负责护卫工作。这时，有人试图接近鸟巢，雄鸟发现后用利爪和嘴发起了猛烈的攻击，完全不顾自己的安危。可是，敌人手里有一根木棍，就是这根木棍断送了雄鸟的生命。雄鸟死了。几天之后，雌鸟身边有了另外一只雄鸟。可想而知，在保护幼鸟方面，这位继父显然没有生父那样的勇气和胆识。一旦危险来临，他马上躲到远处,冷漠地注视着鸟巢。

众所周知,当雌火鸡进入产卵期,进而孵化鸡蛋并抚育小火鸡时,总是会离开雄火鸡。而雄火鸡也不生气,安然自若地去寻找其他同类雄性伙伴,然后开始聚居生活。直到秋天快要结束的时候,雌火鸡才带着小火鸡来找雄火鸡,这时,一家老小才得以团聚。然而,凡事都有例外,如果有谁想要抢走雌火鸡的蛋,或者伤害她的孩子,她会马上大声呼喊雄火鸡。而雄火鸡则像有准备一样,马上赶来救援。这种情况同样适用于水禽。

"繁殖"这一鸟类的本能,可以促使他们克服一切困难。现在,对于我所造成的雌啄木鸟守寡的事情,我终于可以稍稍释怀。因为,她只会度过很短暂的孤单时光,机遇或者说她自己,会吸引来某只单身的雄鸟,与她一起承受重担。面对需要照顾的一群幼鸟,他虽然没有经验,却并不灰心。

有一年,已经到 7 月中旬了,一只雄知更鸟还在向一只雌知更鸟求爱。通过半个小时的观察,我推测,这只雌鸟必然经历过一次恋爱和婚姻,而这只漂亮的雄鸟,则是第一次谈恋爱,看得出,他很真诚。但是,对于雄鸟的殷勤,雌鸟并不领情,甚至有点厌恶。无奈之下,雄鸟只好展开光彩夺目的羽毛围着雌鸟飞翔,时而在她耳边发出动人的颤鸣,时而给她衔来一条小虫。当雌鸟落到树枝上后,他也尾随而至,在雌鸟身边蹦蹦跳跳,叽叽喳喳地说情话。当敌人出现时,他异常勇猛,不断出击,并不时飞回雌鸟身边。尽管如此,雌鸟似乎仍然不为所动——始终在拒绝他。

最终结果如何?我也不得而知。因为这追求者和被追求者,追逐着飞出了我的视线。或许我可以给出这样的结论:雌鸟坚守感情的防线,其实是出于谨慎。

总之,在鸟类社会中,似乎实行的是女权主义。如果站在雄鸟的立场上来考虑这个问题,雌鸟同样是值得敬佩的。只要是双方都感兴趣的事情,雌鸟总是比雄鸟积极。她负责选巢址、负责筑巢的大部分工作、负责抚育儿女，而当遇到危险时，她又最为焦虑。我曾观察一只雌大嘴雀长达几个小时，她不停地在草地和鸟巢之间飞来飞去，嘴里衔着蚂蚱或者蟋蟀，而她那衣着光鲜亮丽的配偶，要么在附近的树上悠闲地唱歌，要么在树丛中玩耍嬉戏。

然而，就大多数鸣禽来说，不管是体态、羽毛的色彩，还是歌喉，雄鸟都明显优越于雌鸟。这可能是雌鸟自我保护的盾牌。通常，人们认为雌鸟在孵化期着装简朴，是为了掩护自己，但这种说法并不完全正确，因为有些雄鸟也常常为她分担这一工作。比如家鸽，如果你中午去查看鸽巢，会发现雄鸽正在孵卵。我想说的是，雌鸟的羽毛色泽暗淡，是大自然赋予她的自我保护色，好让她有安全感。因为相对来说，雌鸟的生命比雄鸟的生命更为珍贵。因为雄鸟所要承担的不可推卸的责任很少，而雌鸟所要承担的类似的责任却很多，而且时间也更长，少则数天、数周，多则数月。

从迁徙时间来说，如果是向北迁徙，雄鸟总会比雌鸟提前八到十天启程。如果是秋季向南返回，雌鸟和雏鸟则比雄鸟提前八到十天启程。

在啄木鸟的近亲中，有几种是不会自己建巢的，比如五十雀、山雀、北美旋木雀等。他们虽然有着跟啄木鸟相同的生活习性，却没有啄木鸟嘴的力量，所以他们无法为自己凿洞穴，而只能将啄木鸟遗弃的洞穴重复利用。不过，他们还是会精心布置一下的，根据各自的爱好往里面放置不同的装饰物，好让洞穴住起来更舒适。山雀在洞穴里放的是一张柔软的地毯，看上去像是帽子上的一部分，当然，也有可能是虫子的杰作。她在这张地毯上，产下六枚带斑点的鸟蛋。

前几天，我在一处惊险的地方发现了一个雀巢。在一座寸草不生的高山之巅，在靠近山顶的崖壁上长着一棵野樱桃树，我所说的鸟巢就在这棵树上。古老的灰色岩石堆放在隐约可见的山道旁边。在这条山道上，经常有红狐狸出来闲逛。这里的树都长得很奇怪，多少有点吓人。在山间弥漫着一种高山之巅特有的、无以言说的野性气息。我站在山顶向下看，看到一只红尾鹰从田间飞走了，再往远处看，是一大片的农场、村落、居民区以及连绵起伏的蓝山。

这时，我的注意力又转移到了山顶。我见到了那对愤怒的鸟父母，他们嘴里衔着食物，机智而灵敏地左突右闪，以防止他们的孩子被我们发现。我在旁边默默守候了一个多小时，可还是没有看到他们的藏身之所。后来，跟我一起来的男孩想了一个主意。在我们推测有鸟巢的那棵树旁边，他找到一块悬空凸出的岩石，并藏身在下面，而我则要到山的另外一边去，以避开鸟父母的视线。那棵矮树枝杈很多，枝干上遍布地衣，乍看上去所有的枝条都充满生机，但仔细推敲之后，我发现有一根树枝已经干枯了，而且上面还有一个小圆洞。

当我摇晃树干时，吓坏了鸟巢里的一家老小。鸟巢所在的那根树枝直径有三英寸，已经快被挖穿了，巢穴的底部只剩下薄薄的一层树皮。我用拇指轻轻一戳，就把鸟巢的底部戳穿了。巢穴里羽翼已经丰满的小鸟们，被迫提前看到了外面的世界。

片刻之后，其中一只小鸟发出一声啼叫，似乎在跟其他几只小鸟说："我们必须离开这里！"并且爬到了洞口。他四处望了望，但并未表现出对这个崭新世界的惊奇。他还在犹豫，似乎有点怀疑自己的能力，不知道自己未经训练的翅膀能否使自己顺利脱险。但很快，他做出了决定，在一声嘹亮的啼叫声中，他飞向了空中，还好，没有失败。随即，另外几只小鸟也跟着飞了出去。出于逃生的本能，他们不断向上飞。在冲上天空的那一刹那，每一只小鸟都不忘再回顾一下仍然堆放着自己粪便的鸟巢，目光中带着鄙夷。

总体而言，鸟类的本能和生活习性是有规律的。但有时，他们也会像人类一样，做出反常的举动。比如，你永远无法断言他们的筑巢地点和筑巢方式。习惯在地上筑巢的鸟儿，有可能在一棵树上安了家；而习惯在树上筑巢的鸟儿，则在地上或者草丛中搭了巢。按说歌雀应该在地上筑巢，可人们经常看到他建在篱笆或栏杆节空里的家。一向在烟囱中搭窝的燕子，有一天突然厌烦了黑不溜秋的浓烟，于是在放置干草的仓库椽子上筑起了巢。

一位朋友曾跟我说，原本居住在谷仓里的燕子，突然萌发了新奇的想法，竟然在一根绳索的打结处安了家。需要说明的是，这根绳索是从很高的一根木栓上垂下来的。他们对这个巢址是如此满意，以至于来年仍然选择了这里。

据我所知，群织雀习惯在堆放干草的仓库里筑巢。他们选的巢址多少有点惊险，仓库第二层的干草穿过地板的缝隙垂到第一层，他们的巢就筑在这悬空的一撮干草上。有时，他们还会把一撮干草系到苹果树的树枝上，在此筑巢。需要注意的是，他们用来系干草的"绳子"，是牛尾巴上的几根长毛。

有的燕子会选择坚硬的墙壁或者乱石堆作为筑巢的地点，我曾亲眼看到一只知更鸟也选择了相同的地点，还有的鸟在枯井里筑巢，莺鹪鹩可以在任何有洞的东西上筑巢，从破旧的靴子到炮弹的废壳，不一而足。我曾见过一对固执的莺鹪鹩在水泵的管子里筑巢，因为水泵经常使用，他们的鸟巢竟然被冲毁过二十多次。另外，莺鹪鹩很会做长远打算，如果他筑巢的黄杨树上有两个小洞，他会马上抢占一个，以免其他鸟儿因此借机生事。

除此之外，还有一些不擅长筑巢的鸟儿常常放弃自己的住所，搬迁到其他鸟儿的弃巢中生活。冠蓝鸭喜欢居住在短嘴鸭或者杜鹃的弃巢中；拟八哥连弃巢都懒得找，只能把卵产在腐朽树木的树洞里。据说，一只杜鹃用强硬手段占据了一只知更鸟的巢，而知更鸟又用同样的手段占据了一只冠蓝鸭的巢，结果这只冠蓝鸭落得无家可归。

鹗和苍鹭体形比较大，他们的巢相应也比较大。在他们的巢穴周围，往往会有五六个拟八哥的巢。在很多寄生鸟类中存在这样的现象，奥杜邦曾说他们的关系就像封建贵族和家臣的关系。

同一种鸟，生活在北方的远比生活在南方的善于筑巢，两者的巢，精致程度相差甚远。同一种水禽，生活在温暖地带的，总是很随意地把蛋产在沙滩上；而生活在拉布拉多半岛的，却按部就班地筑巢、孵化。拿橙腹拟黄鹂来说，生活在佐治亚州的，总是把巢建在树干的北侧；而生活在中东部其他州的，则把巢建在树干的南侧或东侧，而且要厚很多，以使其更加保暖。在南部地区，我曾见过一个奇怪的鸟巢，它是用芦苇和蓑衣草编织而成的，缝隙很大，不管是风还是阳光都可以顺利穿过，就像一个粗编滥造的篮子。

几乎所有的鸟儿都不会常年使用一种材料筑巢。拿知更鸟来说，有的鸟巢外面一层是长长的黑马鬃，里面则铺着一些柔软的枯草，很别致；而有的则是由苔藓简单地堆积起来的。

即便是同一只鸟在同一个季节筑的两个巢，也会大不相同。相对于为第一窝雏鸟筑的巢来说，为第二窝雏鸟筑的巢要逊色很多。有时，因为雌鸟到了产卵期，他们会因为筑巢时间紧张而敷衍了事。促使我得出以上结论的，是我去年的一次经历。当时是7月底，我在野外散步时经过一片黑莓地，那里正好有几个原野春雀的巢。相较而言，那些里面放着鸟蛋的鸟巢，远不如雏鸟已经飞走的鸟巢精致。

在一片树林里，我发现一只雄靛彩鹀连续几天始终站在同一棵树的同一根枝条上，精神饱满地放声歌唱。当我快走到他身边时，歌声戛然而止，他开始不知所措地摇头摆尾，厉声尖叫。我很快找到了让他情绪失控的东西——在旁边的灌木丛中，有一个用干枯柔软的细草构成的鸟巢，里面是一只褐色的雌鸟以及她正在孵的四枚淡蓝色的鸟蛋。

奇怪的是，精于飞翔的鸟儿，居然会把巢筑在遍布危险动物的地面上，而不是高高的树冠上。一边是站在高高的枝头唱歌的鸟儿，一边是距离地面不到三英尺的鸟巢中的蛋或孩子，落差是如此之大。鸟儿之所以这么做，可能是因为他们最大的敌人不是人类或动物，而是鸟类本身。很多弱小的鸟儿筑巢的目的，也在于此。

众所周知，很多鸟类喜欢把巢筑在公路旁边，并在此繁衍后代，皱领松鸡就是其中之一。他走出自己熟悉的森林，来到公路周围，把巢建在离公路只有几步远的一棵树的树根上。显然，他的敌人老鹰、短嘴鸭、臭鼬鼠、狐狸等是不敢跑到这里来的。我在横穿密林里的偏僻小路时，曾不止一次看到韦氏鸫以及她精致的小巢。她的小巢就在我触手可及的地方，只要我伸伸手，就能把她捉走。食肉的鸟类并不相信人类，所以他们总是把巢筑在人烟稀少的地方。

在纽约州内陆的某个地方，不管哪个季节，我都能找到一两个雪鸫的巢。它紧挨着公路，就坐落在长满苔藓的路堤的斜下方，途经的车辆只要挥一下鞭子就可以打到巢中的鸟儿。只要是从公路上走过的人或者是马，也或者是马车，都难免会打扰鸟儿的孵化。等到脚步声或者车轮声近在咫尺时，她才会迅速飞走，几乎是紧贴着地面，横穿过公路，消失在灌木丛中。

在距离华盛顿城区不足半英里的一片树林里——紧挨着一条宽阔的主车道，我随便走了一圈，就发现五个不同鸟类的鸟巢；而在距离这片树林半英里的一片更大的树林中，我却一个鸟巢也没有找到。在那五个鸟巢里，最吸引我的是蓝色大嘴雀的巢。奥杜邦曾在路易斯安那州观察过这种鸟，说他生性羞涩，怕见人，喜欢在偏僻的沼泽地或者有水的洼地周围生活，可是在这里，他却把巢筑到了主车道的旁边，选择了一棵高大的美国梧桐树上最低的一根树枝。鸟巢是用碎纸屑和枯草建成的，离地面很近，只要借助于马车或者马，就可以够到，不过聪明的鸟儿在鸟巢上遮盖了一些具有梧桐树特征的枝叶，增加了其隐蔽性。

当我发现这个鸟巢时，里面有几只雏鸟。显然，鸟父母对于我的到来颇感愤怒，但他们对主车道上来来往往的车辆却熟视无睹。让我纳闷的是，他们是在什么时间段筑的这个巢呢？要知道，他们在筑巢时要比平时更加羞于见人。我推测，他们大概选择了清晨这个时间段，因为清晨四处都静悄悄的，他们不会被任何人打扰。

在城市里的一个墓地中，我发现了另外一对蓝色大嘴雀的巢。它掩映在离墓地很近的矮树丛中，里面的雏鸟正在练习飞翔。雄鸟站在枝头唱歌，歌声时断时续，节奏明快，带着颤音，与靛彩鸦的歌声颇有几分相似，但比其更为浑厚和响亮。事实上，蓝色大嘴雀和靛彩鸦很相像，不管是羽毛的色彩、身形体态、歌声，还是生活习性。他们的个头大小几乎一致，雌鸟又都披着红褐色的外衣，一般人很难区分出来。

当然，茂密的原始森林中当然也有鸟巢，只是我们鲜少有机会能找到它们。鸟儿筑巢的工艺包括以下几种：选择适合的材料，比如苔藓、树叶、枯草、各种碎东西，总之是一些普通的不能再普通的东西；将建筑材料放置在合适的枝杈上，必须保证鸟巢的颜色和周围环境的色彩协调一致。这是一种多么完美的艺术！鸟巢被巧妙地掩藏起来，以至于我们只能在偶然间发现它。不过，如果不是跟踪鸟儿，又怎么可能发现它呢？就在这段时间，我每天都要到树林里寻找鸟巢，两周过去了，我一个鸟巢都没有找到。直到最后一天，我才偶然发现了几个，但那也因为有了鸟儿的引导。

那天，我像往常一样在树林里漫步。当我靠近一棵只剩下半截枯槁不堪的老树时，落在其上的一只黑白莺突然紧张起来，围绕着这棵老树左蹦右跳，最后依依不舍地离开了。原来，在这棵老树靠近根的地方有一个鸟巢，位置选得很是巧妙，巢里还有三只羽翼未丰的雏鸟。鸟巢是由枯树叶和枯草构成的，其颜色与雏鸟羽毛的颜色以及周围树木、枝叶的颜色完美地融合成了一个整体。我再次认真地观察了一下他们，发现他们瑟瑟发抖地抱在一起。我向鸟巢伸出了手，他们一边呼喊求援，一边惊慌失措地逃跑。这样的场面无疑激怒了鸟父母，他们在我身边飞来飞去，不惜闯入我的猎捕范围之内，希望以此换取孩子的安全。

接下来，我进入一条走廊，廊柱是高大粗壮的铁杉树，走廊中间不乏一两棵矮小的山毛榉或枫树，它们常年被"阴影"笼罩。我停下脚步，因为我听到了一种很陌生的鸟叫声，尽管有点像小羊的"咩咩"声，但我确定是一种鸟的叫声。这种叫声是如此新奇，直到现在我仍记忆犹新。很快，我见到了发出这种声音的鸟儿——一对孤绿鹃。他们身姿轻盈地四处飞翔，很长时间才会停下来休息一下。雄鸟沉默无语，而雌鸟嘴里发出的正是那种情意绵绵的歌声，如同少女的爱情般甜美。

他们的巢正在筹建中，就在离我几英尺远的一根树枝上。雄鸟谨慎地飞到树枝上，将衔来的材料安置好，然后再跟雌鸟一起飞走。在此过程中，雌鸟始终饱含深情地向丈夫呼喊："拉屋！拉屋！"（原文为"love"，此处为音译——译者注）韵律优美，不绝于耳。像大多数雀巢一样，这个巢也是悬挂在树枝上的，里面铺满了地衣，外面则包裹着无数层蜘蛛网。这个颜色黯淡的雀巢，没有任何掩饰物，但与树林本身黯淡的色彩却不相上下，这其实就是最好的掩饰。

继续前行，我来到一片矮树林。这里鲜少高大的树木，取而代之的是相对矮小的次生林——老巴克林区到处都是这种植物。我在一棵枫树前停下脚步，看见一只鸟儿从这棵树上飞走了，它原来的位置似乎在树根处。小鸟落在了距离我几十英尺远的地方，并且发出不安的啼叫声。我的胃口一下子被调动起来了。

我认出它是一只雌哀地莺,随即想到还没有哪个鸟类学家描述过它的巢,著名鸟类学家布鲁尔医生甚至连它的蛋都没见过,这就更值得我探究下去了。

但是,尽管我睁大了眼睛搜遍了树根、树枝、树边的草丛,甚至更远点的灌木丛,却什么都没有找到。我想到这种搜索方式并不高明,便走到了远处,打算过一会儿再回来。也正是因为我站在远处,才得以看清鸟巢的位置,当我再回来时,轻而易举就找到了它。它离那棵枫树有几英尺远,掩藏在羊齿丛中,差五六英寸不到地面。这个雀巢个头很大,是用各种枯草编制而成的,里面铺着一层深褐色的、细小的植物根须。鸟巢里有三枚鸟蛋,其颜色接近于人的肤色,上面布满了褐色的小斑点。不得不说,这个鸟巢的深度不容小觑,雌鸟孵在里面,在外面几乎看不见。

没走几步,我就又有了新的发现。我在一棵大树的树冠上,发现了红尾鹰的巢——那是由极细的干树枝构建而成的。雏鸟已经离巢起飞,但仍舍不得离开,还在周围打转。当我接近鸟巢时,雌鸟慌了神,一边在我身边飞,一边冲我尖叫。让我颇为费解的是,在鸟巢正下方的地面上,扔着一绺人的头发和很多草地鼠身上的毛。

在我打算离开树林时,发现头顶正上方有一个红眼绿鹃的巢,差一点就碰到我的帽子了。它悬挂在一棵山毛榉垂下来的枝条上,看上去就像吊着的篮子。鸟巢里有三枚鸟蛋,其中一枚显然属于褐头牛鹂,因为它比另外两枚蛋大很多。当我三天之后再去看这个鸟巢时,发现只有一枚蛋被孵化了,这个大肚子的外来者,占据了鸟巢三分之二的空间,使另外两枚鸟蛋几乎不能呼吸了。对此,外来者和巢主人都感到害怕,况且,跟外来者一起生活可不是闹着玩的。为了自己生存而消灭其他物种的现象,在大自然中随处可见,而大自然母亲似乎并不反对这种现象。寄生虫终其一生都在与依附的物种做斗争,而且似乎没有战败的先例。

在所有的鸟巢中，蜂鸟的巢无疑是最为珍贵的。找到一个蜂鸟的巢是很光荣的一件事，其光荣程度仅次于找到一个鹰巢。我曾有幸目睹两个蜂鸟的巢，但都不是刻意寻找的结果，而是无意中碰见的。

我见到的第一个蜂鸟的巢，搭建在一棵栗树上。当我走近栗树时，一只蜂鸟烦躁地飞来飞去，眼神中充满了仇恨，这使我意识到自己闯入了别人的禁地。在我目光的追踪下，正在建造中的鸟巢很快就露出了庐山真面目。它位于一条横枝上，上方有一片树叶，正好将其遮掩起来。像往常一样，我躲到了附近，如愿以偿地观看了这个小艺术家建巢的过程。这是一只孤单的雌鸟，它用嘴衔来筑巢材料——一撮软绵绵的东西，先绕着树飞了几圈，然后迅速落到了巢里，并以自己的身体为模型，将材料铺好。每运送一趟，大约需要两三分钟。

我见到的第二个蜂鸟的巢，位于山侧面的一片树林中。当我从一棵树下经过时，突然听到鸟儿忽扇翅膀的声音。我注意到这是一只雌蜂鸟，而且断定她的巢就在这棵树上。很快，蜂鸟又飞回巢中，我透过树叶的缝隙，很幸运地看见了她的巢。它是那么小巧，看上去就像树枝上长的一颗树疣。与其他鸟类不同的是，蜂鸟并不是慢慢落在巢里的，而是迅速飞进巢里的，动作异常轻快。鸟巢里有两只白如凝脂的鸟蛋，娇嫩得经不起任何风吹草动，只要稍一用力，就会破碎。蜂鸟的孵化期大概是十天，雏鸟出生后一周，就可以飞出鸟巢。

与蜂鸟的巢最为相似的，是灰蓝蚋莺的巢。像蜂鸟的巢一样，它也安置在树枝上面，只不过稍微有点悬空。它是用树苔下面柔软的植被建成的，整洁而舒适。如果硬要说两者之间有什么不同之处，那就是灰蓝蚋莺的巢比蜂鸟的巢略微大那么一点点。

然而，一旦我们走出森林，重新在脑海里回忆所有鸟巢时就会发现，橙腹拟黄鹂的巢才是真正的巢中之王。在我所见过的悬巢中，它当之无愧是最完美的。与橙腹拟黄鹂的巢类似的，是拟鹂鹂的巢，只不过后者的巢没有那么深。

通常情况下，橙腹拟黄鹂会选择高大的榆树筑巢，而且不加任何掩饰物，只要树枝够高并保持悬垂就可以。相较而言，这种鸟巢所要花费的时间、精力以及技巧是最多的。它的建筑材料也很特殊，是一种类似于亚麻的东西，但橙腹拟黄鹂总能想方设法找到。鸟巢建成后，就像一个悬挂着的葫芦，虽然看上去很薄，却很有韧性，足以承受自然界的风吹雨打。在大多数情况下，他们封巢口会用结实的马鬃，像是给巢口的边缘锁了一道边。

事实上，橙腹拟黄鹂的筑巢材料是各种类型的线绳。我的一位女朋友曾告诉我这样一件事：有一次，她开着窗户在窗边做针线活，愣神的一瞬间，一只橙腹拟黄鹂就把她的一束纱线叼走了，试图运往她正在建造中的鸟巢。可是，当她经过一棵树时，纱线却挂到了树枝上，任凭她怎么努力都无法解开，最后她只得无奈地飞走。而我这位女朋友想要捡回那束纱线，可生拉硬扯了一天，也只扯下来一小部分，最终只能放弃。之后，那悬挂在树上的纱线就成了让人心烦的东西，每次从这里经过，她都要恼怒地瞪上几眼，好像在说："烦人的纱线，浪费了我那么多精力。"

我的朋友文森特·伯纳德，从宾夕法尼亚给我寄来了关于橙腹拟黄鹂的趣事（在此，对他提供的所有趣事表示感谢）。他有一位热衷于鸟类的朋友，在看到橙腹拟黄鹂开始筑巢时，便在其巢址周围挂上一些彩色的细绒线。在他的精心安排下，鸟儿不仅使用了这些细绒线，而且所用各种颜色绒线的数量几乎一样。这样一来，这个巢的美丽程度就可想而知了，而且深度和宽度也发生了改变。人们在欣赏这个尤物的同时，不禁产生疑问：如果没有人类的帮助，鸟儿单纯依靠自己的力量，能建造出如此精美的艺术品吗？

现代最有才华的鸟类学家纳托尔,曾讲过这样一件事:

我在观察一只雌鸟(橙腹拟黄鹂),她费力地把一根十英尺或十二英尺长的灯芯带回了巢中。在一周的时间里,悬挂在树枝上的长长短短的线,都被她用来编织巢的一个侧面。其间,使用同样材料筑巢的鸟儿常来偷盗,使得正在忙碌的橙腹拟黄鹂不得不停下手里的活儿,对他们怒目以视。

请允许我再啰嗦几句,简单讲一下这种鸟的经历,以彰显其特殊的天赋。整个筑巢工作都是雌鸟独立完成的,雄鸟从不帮忙,尽管他偶尔也会过来看一下,却总是默不作声地看着。至于筑巢用的材料,是她从马利筋或者木槿的枝条上撕扯下来的纤维。她的筑巢愿望十分强烈,所以采集材料时也从不胆怯,就算旁边有几个人干活,或者有一群人逛花园,也丝毫不会影响她工作,我们不得不佩服她的勇气和毅力。如果有人死盯着她不放,她会发出"吱、吱、吱"的叫声,好像是在责备人们不该打扰她工作。可能她无法理解,为什么人们要在她忙得不可开交时打扰她呢?

当忙碌的雌鸟飞回到树上时,雄鸟始终保持着沉默。我看到又飞来一只雌鸟,于是便想看一下她们之间会发生什么。她们都发出了尖叫声,似乎在争吵,很快,定居在这棵树上的雌鸟率先发起了攻击,因为后者最近时常来这里滋事。当我描述这两只雌鸟的争斗时,想起了住在我们附近的那一对鸟儿,他们都非常漂亮,但雄鸟不幸被人们打死了。或许,眼前的这只入侵者就是那只丧偶的雌鸟,她失去了自己的丈夫,却得到了情人的关爱。这就难怪两只雌鸟要争斗了。

在得到情人的默许后,入侵者离开这棵树,开始在旁边的一棵榆树上筑巢。她把几根垂着的细枝条绑到一起,作为巢的底座。现在,雄鸟主要跟情妇生活在一起,还一反常态地帮她筑巢。但如果借此就说他忘记了自己的配偶,那也是不正确的。因为她的配偶曾在某个夜晚呼唤他，语调温柔、情意绵绵，而他也作了回应，同样饱含深情。但就在此时，情敌突然闯了进来，一场争斗不可避免地发生了。结果是两败俱伤，只是其中一只雌鸟伤得更重，她惊慌失措，不停地拍打着翅膀。

这时，始终在观战的雄鸟站了出来，他似乎要给两只雌鸟一个交代，于是极度不负责任地跟着情人一起飞走了。在以后的日子里，他那争强好胜的妻子只能身单影只，与孤树为伴。雄鸟的选择解决了一场无休止的争端，至少两只雌鸟都得到了解脱。但是，不必为这只孤单的雌鸟担心，树林里的同类中有很多"单身男子"，有了他们的到来，和谐、温馨的一夫一妻制得以重建，平静而欢乐的生活会再次降临。

还有一种巢是我不能忘记的，它坐落在高山陡峭的壁架下面——小巧的巢上覆盖着一层青苔，里面放着四只纯白的鸟蛋——这就是普通绿霸鹟的巢。当我们看到过他精致、巧妙，悬挂在树枝上的雀巢后，很难再被其他鸟巢吸引，但绿霸鹟的巢无疑是个例外。在荒凉的崖壁上，绿霸鹟把巢建在凸出的岩石上的小壁龛中，上面覆着一层青苔，看上去就像岩石上长出来的一样，以迷惑同样在岩石上安家的狐狸和狼。

在我的视线范围之内，几乎所有凸出的岩石上都有这样的小巢。前些天，我曾沿着一条小溪——里面有我喜欢的鳟鱼——走进一个峡谷，在大约一英里的路程里，我见到五个绿霸鹟的巢。它们的位置都在我举手可触范围之内，却足够避开水貂和臭鼬鼠，而且足以应对大自然的风吹日晒。

在我的故乡，有一座陡峭的圆顶山。山上长着柏树和橡树，但前面的山壁却光秃秃的，什么也没长。在前面山壁快要靠近山顶的地方，有一道高大的岩石壁架，上面有很多洞。其中一层向空中凸出好几英尺，足够好几个人站立。这里空气清新，再加上小溪的流水，让人感到无比惬意。壁架下面是铺着碎石块的空地，很久以前曾是印第安人和狼的地盘，如今已经成为狐狸和羊的娱乐场所。在年少时，我也曾在这里度过快乐的夏天，有时会在这里躲避暴风雨。

在这清爽的氛围中，菲比霸鹟和他那精致的小巢总是与你相伴，直到你离他的巢只有几英尺了，他才恋恋不舍地离开，但你可别指望他远走，他就站在不远处的树枝上，摇头摆尾，焦躁地看着你。当这个地方有了移民之后，绿霸鹟开始了新的筑巢方式。你会在小桥下、干草棚里或者其他建筑物上看到他们的巢，就算经常被打扰也无所谓。值得注意的是，他们在这种人工建筑物上筑的巢，远不如在大自然中筑的巢精致。

在一个干草棚里，我看到一对菲比霸鹟连续几年在这里筑巢。在草棚地板稍微有点下陷的一个角落，并排着三个鸟巢，这就是他们在这里筑巢三年的证据。这种鸟巢的底部是泥土，上面是羽毛、毛发、青苔混编而成的。鸟巢的内部十分精美舒适，但菲比霸鹟每年都会重新筑巢，因为每一个鸟巢只能供一窝雏鸟生活。

单从鸟类的筑巢技艺来说，绿霸鹟的技艺无疑是顶尖级的。当然，极乐鸟的筑巢技艺也可圈可点，他使用柔软的棉纱和毛发做材料，耗费大量时间和精力，只是为了达到温暖和舒适的目的。一般情况下，绿冠绿霸鹟只用白橡树花这一种材料筑巢，鲜少有添加别的材料的情况。东林绿霸鹟总是把巢建在横向的树枝上，使用苔藓和地衣建造成管状的巢。值得注意的是，他的巢向来整洁，绝不会出现碎纸屑或类似的脏东西。一只雌鸟正在孵化期，她把上半身露在巢外面，悠闲自在地四处张望，好像很享受目前的时光——我从未在其他鸟类中见到过这种场面。不得不说，大冠翔食雀是很大胆的鸟，他居然用蛇皮筑巢。如果你留心就会发现,所有大冠翔食雀的鸟巢都会用到蛇皮,有时会多达四五张。

在所有鸟巢中,哀鸽的巢是最薄的,也是最浅的。他只是把几根稻草胡乱绑在一起,便当做巢来使用了,鸟蛋放在里面都会滚出来,一点儿保护作用都起不到。同样草率的,还有旅鸽,这也是为什么总有雏鸟从巢里坠落的原因。褐弯嘴嘲鸫也是一种不负责任的鸟,他看见任何东西都要衔回巢里,以至于巢里的破烂儿可以装满一个大筐。鱼鹰也有褐弯嘴嘲鸫的习惯,而且更甚,他用于修补鸟巢的东西,差不多可以装一马车。

在所有鸟类的巢穴中,鹰巢是最为罕见的。事实上,正因为鹰是极为罕见的鸟类,他的巢才显得尤为珍贵。当我们看到鹰时,总以为他是悬在空中不动的,但实际上他早已飞到了远方。当我还是个孩子时,有一年9月,我偶然看见一只小金鹰,他体型庞大,一身黑色的羽毛,尾巴上有一圈花纹,让人望而生畏。他在群山的上空盘旋了两天,俯瞰着山脊上正在吃草的牲畜:一头刚满两岁的小马、五六只绵羊。第二天,他仍然在高空中盘旋,但没过多久,他就开始学着老鹰的样子,伸出利爪,俯冲下来,扑向地面上的牲畜。可惜的是,它失败了,尽管只差一点点,但他并不灰心,反而有越战越勇的势头,更加频繁地扑下来。牲畜们被吓到了,它们惊慌失措地四处狂奔,甚至闯进了山坡上的一所房子里。

小金鹰前几次的攻击都失败了,但这似乎是他的计谋之一。他此举并非为了捕捉猎物,而只是想把牲畜们分开,以便向最弱小的那只小羊下手。小金鹰有点累了,落在旁边一棵橡树的树枝上休息,这根树枝因不堪重负而颤动起来。后来,一个手拿步枪的人出现了,并试图向小金鹰开枪。迫于无奈,小金鹰展翅飞向了天空,随即飞到南方去了。几年过去了,在某年1月,有一只大鹰落到了这里,但他只在一些动物的尸体旁边站了一会儿就又飞走了。

通常情况下，金鹰只活动在两个半球的北部地区，他喜欢把巢筑在很高的岩石上。有人发现，在哈德逊河畔一处高不可及的岩石上，一对金鹰在那里的巢里住了八年。奥杜邦曾讲过一件事，那是在独立战争期间，有几个士兵在哈德逊河畔闲逛时，发现了一个鹰巢，他们想弄几个鹰蛋或者小鹰玩玩，于是派一个士兵下去取。这个士兵身上绑着绳索，慢慢挪到了鹰巢所在处，他的战友则在山上拽着绳索的另一端。可是，事情并没有想象中顺利，鹰巢里的雌鹰像发了疯似的对他发起攻击，出于本能，他拿出刀自卫。但就在这一过程中，他一下子扑空了，差点从绑他的绳索上滑出去，最终仍借助那根绳索返回了山上。

根据奥杜邦的说法，白头鹰的巢也筑在很高的岩石上。但威尔逊却并不这么认为，他将自己在大埃格港的见闻记录了下来。他在一棵黄松树的树冠上发现了一个鹰巢，那是由薰衣草、青草、芦苇等各种草秆构成的，高约五六英尺，宽约四英尺，上面没有一处凹陷。看得出来，这个巢已经使用了好几年，而且这只鹰似乎把它当成了固定的"家"，一年四季都居住在这里。

对于鹰来说，一个巢就可以用很多年，他们不会重新筑巢，而只会对原来的巢进行修补。还有很多鸟儿也像鹰一样，常年只用一个巢。如果仅从这一点给鸟儿分类的话，大致可以分成五类：

第一类：不会轻易筑巢，沿用上一年的鸟巢，修修补补凑合着住。比如鹪鹩、蓝鸲、燕子、大冠翔食雀、猫头鹰、鹰、鱼鹰等。

第二类：每一个季节都要重新筑一次巢，但同一个巢可以抚养几窝雏鸟。最有说服力的例子就是菲比霸鹟。

第三类：只要孵化一窝雏鸟，就要重新筑一次巢。在现在的鸟类中，绝大多数都属于这一类。

第四类：自己不筑巢，使用其他鸟类的弃巢。这一类鸟儿非常少，只有数得清的几种。

第五类：根本不用巢，而是直接把蛋产在沙地上。绝大多数水禽都属于这一类。

——1866 年

○ 春天，去首都看鸟

金鹰

雪鹀

黑尾蜡嘴雀

菲比霸鹟

从 1863 年的秋天开始,我便一直住在华盛顿。当然,每年夏天我会去一次纽约州,在那里小住一个月。

刚到那里的第一天,大自然就送了一份新奇的见面礼给我。

那时,我正在城北的树林里散步。忽然,地上飞起一只庞大的蚱蜢,飞到了一棵大树上。我向它奔去,发现它的飞行速度绝不逊色于鸟类。我想,我一定是闯进了蚱蜢的巢穴,而刚刚被我追逐的那只正是它们的大王。它是孤傲的,甚至有点儿自负,所以常常外出游玩。这样的大蚱蜢,我每年秋天都能在树上看见,可即便如此,我却无法探知其奥秘。这种蚱蜢的样子实在不讨人喜欢,它们大约有三英寸长,身上的花纹发灰,有的甚至是斑纹。

这里最让我欢欣鼓舞的,是秋天那凉爽的天气,这样的好天气会延续到 11 月,就算是到了冬天也还会很温暖。虽然有时候气温会下降到 0℃ 左右,但你绝不会看见凋零败落的景象,在一些背风向阳的地方,仍旧绿意盎然。

我在这里的每个月都能见到鲜花:紫罗兰在 12 月盛开;北美茜草(一种长在冻土上的花)在 1 月绽放;还有一种植物,你会经常在碎石路上或者荒地上见到它们,它们在 2 月份会开一种非常细微的小花,如果不仔细看,几乎发现不了;3 月份的第一个礼拜,或许你还会发现地钱的身影,但让人奇怪的是,这时候居然能听见小青蛙的叫声;到了 4 月 1 日愚人节的时候,杏树就开花啦;紧接着,苹果树会在 5 月开花……我们的日历就是根据气候定的。3 月属于春季的月份,在这个月的前 8 天或前 10 天,我们通常能看见气候发生巨大的变化。1868 年的春天姗姗来迟,直到 3 月的第 10 天,我才看见这种变化。

早上的太阳并不明朗,它似乎要与浓雾融合在一起。此后的天空,在一两个钟头内毫无变化，但是大地却在低沉的吟唱声中渐渐苏醒。大树的叶子都掉光了，但是却另有一番韵味。忽然，一阵歌雀的啼鸣从附近的耕地上传了过来。这久违的声音让人备感亲切，而且也特别动听。不一会儿，各种各样的鸟儿开始歌唱，声音或轻柔或清脆或嘹亮，带着生机，带着欢欣。优美的颤音一定是蓝鸲发出的；拖着长音的是知更鸟；叽叽喳喳乱叫的是雪鹀；浑厚的啼叫声是草地鹨发出的，这声音听起来非常温柔。一只秃鹰盘旋在还未开垦的田野上，最后，它伸展着颤抖的双翅，落到了田野的栅栏上。

这一天虽然有浓雾，却非常暖和，泥泞的路面已经变干，一眼望去，令人心生愉悦。我跨过华盛顿的边界，跨过默里迪恩山，踏着干净的小路，迎着微风继续前行，这种感觉让我非常享受。田野里的牛发出哞哞的叫声，然后转头看向远方，这使我不由得心生怜悯。每年开春我都会莫名地燃烧起上路的欲望，那种对远方的渴望让人产生一种无法抗拒的冲动。这时，我心中那股想要上路的火苗又一次开始燃烧，我要去远行。

远行的路上，我再次听见了金翅啄木鸟的歌声，我曾在北方听见过他的声音。他歌唱了一阵之后，停了下来，不一会儿，又开始歌唱。我不禁感叹，现在还有什么声音能比这最早的鸟叫声更悦耳呢？

在华盛顿，只有跨过州界，才能真正地来到乡下。到了乡下，还要再走10分钟左右才能看见森林。华盛顿与北方的商业城市不一样，城乡之间的界限并不明显，大自然就这样走到了城市的门口，甚至已经走进了城市。

不一会儿，我就来到了一片荒无人烟的森林。这里非常安静，你会感觉大地似乎还未苏醒。不过，这里的空气里倒是弥漫着一股泥土的气息，似乎在这些树叶下面，有什么东西正要醒来。你会发现，短嘴鸦一会儿飞到天上乱叫，一会儿又落在田野中乱走。我凝视着面前的灰色树林，它是如此静谧。我看见柔荑花生长在池塘边的一棵桤树上；向阳的山坡上满是树叶和碎片，地钱从下面冒出一些毛茸茸的嫩芽来。

春天来了，地下水的水位变高了。在沼泽、在池塘，都能听见青蛙的叫声，仿佛是一场大合唱。我朝蛙声最大的地方看去，发现那只是一小片水洼，我走了过去，发现在水底有一团蛙卵，于是我将这团冰凉的、颤抖着的胶冻状蛙卵捧了出来。与我一起出来的小伙子，正在盘算着，这个能不能成为今晚的晚餐，味道或许和鸡蛋一样吧。这团蛙卵的品质非常好，乳白色的胶体里面，充满了鸟眼一样大的黑色颗粒。这些胶冻刚产出来时，是透明的，经过8天至10天的孵化，就会被里面的蛙卵完全吸收掉，于是小蝌蚪就出世了。

阳春3月，和煦的春风吹过这座城市的每一条街道，在几个阳光灿烂的日子之后，城市街道旁的白杨树开始悄然焕发出生机。原本一贫如洗的树顶，在一个完美的晴好天气下，变魔术般从树皮下钻出一条条"毛毛虫"。这些"毛毛虫"其实是白杨树生长出来的灰色长穗，从远处看，就像白杨树穿上了一件蓑衣。它们会在4月的第一个星期，不约而同地从白杨树上爬下来，然后占领城市的每一条街道和阴沟。而那时，街道边商店的橱窗里，依然没有最新的春装上市，树上依然没有生长出第一片绿叶，只有街道两边的白杨在提醒着人们，春天已经拉开了序幕。

能够担当春天使者的，不只是白杨，短嘴鸦跟兀鹰同样可以出色胜任。在弗吉尼亚森林的冬季营地，铺天盖地的短嘴鸦和兀鹰，在高空中来来回回地盘旋，似乎在提醒人们不要忽视了他们的存在。其实，在弗吉尼亚森林之外，短嘴鸦和兀鹰早已占据了城市周边地区，他们大规模地生殖繁衍，肆无忌惮地出入城市，一时风光无限。

在每个阳光微弱的清晨，短嘴鸦和兀鹰的身影都会出现在人们的视野里。

他们飞往同一个方向，一窝蜂地向东飞去，目的地有可能是马里兰东部的水域。他们的飞行方式并不固定，有时会全部聚集在一起飞，有时会三五成群地飞，有时两只或者三只结伴而行，有时某一只会单独飞行，唯一不变的是他们的飞行方向。天黑之后，他们开始陆陆续续回到位于城东的波托马克河畔的林地，飞行方式依然时而零零散散，时而化零为整。

到了春天，这样的大规模飞行会戛然而止，昔日的飞行队伍开始解散，群居的鸟巢也就此抛弃，所有的鸟儿都各奔东西，不仅仅是短嘴鸦和兀鹰，这种情况似乎在全国各地的鸟儿中十分常见。一种普遍的观点认为，鸟儿三三两两结伴飞行的方式，可以扩大鸟儿的分布范围，在食物匮乏的时候，数量少的鸟群比大规模的鸟群更容易生存，大规模的鸟群面对食物的稀缺，只会导致更多的鸟儿饿死。但是，这种观点忽视了一个重要的问题，那就是在冬天，食物的分布并不广泛，仅仅存在于河畔、湖畔以及海边等一些特定的地方。

对于短嘴鸦来说，整个飞行过程并不是一帆风顺的，其中充满了危险和辛劳。他们用同样的飞行方式，飞往冬季营地——坐落在哈德逊河畔的钮堡北部数英里的地方。在飞行中，他们有时会遇到大风天气，在这种情况下，他们只能在山丘上抱团抵御，然而，比这更糟糕的是，顽皮的学童们会躲在树上或者树篱后面，用棍棒和石头偷袭他们。如果在中途落伍了，短嘴鸦的命运会更加悲惨，他们往往在黄昏时分才风尘仆仆地赶来。长距离的飞行和狂风的袭击让短嘴鸦疲于奔命，他们的体能严重透支，如果这时来一阵风或者再次起飞，都会让他们步履维艰，不堪重负。

春天刚刚到来的华盛顿，是兀鹰一展身手的好地方。他们的飞行动作灵活多变，时而在两三百英尺的高空如闲庭散步，时而在无人的空地俯冲而过。在这些空地上，有时会出现一些被扔掉的死狗、死猪等家畜的尸体，这些都是兀鹰美味的食物。当兀鹰们发现这些食物时，往往会先来一场争斗。几只兀鹰降落在尸体周围，张开各自的灰翅膀以示警告，如果警告无效，便开始追打。趁着打斗的混乱，一两只兀鹰坐收渔翁之利，开始享受这难得的美味。

　　兀鹰飞行的优势，在于他们拥有宽大的双翼，而且相当灵活，只要兀鹰轻轻煽动一下双翼，他们就能轻而易举地腾空而起。兀鹰的飞行姿态跟普通的鸡鹰、红尾鹰相似，沉稳轻松、以庞大的螺旋式上升的姿态傲视高空，动作十分美观。兀鹰的双翼与尾翼的形状及其在飞行中所发挥的作用，与前面所述的鹰如出一辙，仅仅在大小和色彩方面有所差异。兀鹰也有自己的娱乐方式，那就是十几只兀鹰在一起，悠然自得地在高空中一圈圈地盘旋。

　　相对于鹰来说，兀鹰的灵活性与机警性要逊色不少，他们不会像鹰那样依托翅膀的平衡停留在半空中，也不会像鹰那样做出俯冲、翻跃的动作，更没有从空中直扑到地面去捕杀猎物的技能。与鹰四面树敌不同，兀鹰几乎没有敌人。在自然界，动物间的争斗极为常见，争斗的原因往往是双方存在一些恩怨，比如鹰抢夺了短嘴鸦的巢，顺带夺走了短嘴鸦的孩子，这让短嘴鸦对鹰有了毁家之恨，这也就难怪短嘴鸦要找鹰单挑了。极乐鸟与鹰的恩怨与前者相同。此外，极乐鸟和拟八哥、短嘴鸦的打斗纷争也从未间断。但这些纠纷都与兀鹰沾不上边，原因是兀鹰从不杀生，如果有腐肉存在，他绝不吃新鲜肉。兀鹰不威胁别人的利益，自然也就没有敌人了。

　　在5月的时候，兀鹰和短嘴鸦一样，瞬间销声匿迹了。没人知道他们确切的去向，也许是去海边繁殖了。7月，我在距离城郊一英里的石溪边的丛林中，发现了很多兀鹰，我推测他们是一群雄鸟，因为他们并没有在那里筑巢。至于这些雄鸟是不是撇下雌鸟独自来到这里的，无人知晓。

　　有一次，我为了研究松鼠的窝，在林中工作了很长时间。夕阳西下时，三五成群的兀鹰开始集结在我周围的树上，后来，又有很多兀鹰从同一个方向飞了过来，他们先在树林上空盘旋，扇动着翅膀，然后从树中间降落，在这个过程中，我第一次听见了兀鹰的叫声。那种声音是从鼻腔发出来的，像牛躺倒时发出的声音那么大。

后来，他们开始走动，在树枝中尽情地舒展自己的身体，动作就像火鸡那样。树枝上栖息的兀鹰三五成群地散落在林间，当他们脚下那腐烂的树枝不堪重负被压断时，他们便会张开翅膀飞向另一个枝头。在夜幕完全降临之前，绝大多数兀鹰已经占领了我身边的所有树木，而且还有更多的兀鹰在源源不断地赶来，这让我不得不开始担心自己的安全。

不过这时做任何事情都是徒劳的，按兵不动才是正确的选择。直到天完全黑下来，不再有新的兀鹰出现，四下归于平静，我才开始收集干树叶，用火柴点燃，进而一个火堆燃烧起来，但我并不知道这个方法是否可以有效驱赶兀鹰。树枝刚点燃时，火苗很小，兀鹰没有反应。而当火势突然迅猛，燃起熊熊火焰时，所有的兀鹰顿时吓得腾空而起，在林间惶恐不安地盘旋，巨大的翅膀扑哧扑哧地扇动，似乎要将我身边的树木拍倒，在一阵嘈杂的骚动后，这些可恶的兀鹰终于陆陆续续地飞向了黑夜深处，树林里一片寂静。

大约在6月1日那天，我又在波托马克河的大瀑布附近看见很多展翅飞翔的兀鹰。我把在这个地方观鸟的经历都写进了我的日记，下面是我2月4日日记的节选：

严冬的山林里天气非常寒冷，地面上干干净净的，没有一丝生机，我在山林间面向首都正北方向步行了三英里。在郊区的某些地方，分布着爱尔兰人和黑人的小木屋，突然，一群很像北方雪鹊的鸟儿飞了过来，他们四下觅食，但看起来并不欢快，因为他们的叫声听来刺耳而忧郁，仿佛受了什么委屈。

事实上，这种鸟叫角百灵，体形要比普通雀类稍微大一些，最突出的特征是胸部有一个黑点，而且下腹部的白色要更多一些。角百灵走路的姿势完全符合百灵的特征。

在这之前，我从来没有见过角百灵。我尝试着接近他们，以便更好地进行观察，出乎意料的是，他们并没有立即惊慌失措地飞走，而是停留在我面前，像人一样弯着腰好奇地看着我。而当我不小心动了一下胳膊时，他们以为我要攻击他们，便迅速飞走了。他们飞行的姿态与雪鹀一模一样，只是颜色比雪鹀更白。（后来，我发现角百灵在2月和3月经常光顾此地，目的是躲避人们的猎杀。在当地市场，有大量的雪鹀被当做商品供应给消费者。我在经历过一场暴雪的城市大花园中，看见很多角百灵在杂草丛里寻找食物。）

越往里走，路上的景色越是美不胜收。顺着一条小溪向下，青翠欲滴的荆棘和灌木丛簇拥在小溪两旁，这条小溪属于泰伯河的支流。一路上，你会看到很多可爱的小动物以及种类繁多的鸟雀。走出边界后，一群灰色的北美金翅雀出现在我的视野里，他们在松树丛中尽情地享受着松果的美味。还有一只像精灵一样的金冠戴菊鸟，穿着一身灰色的羽毛，也在忙个不停，一点儿也不安分。难道他也对那些老松树上结出的果子垂涎三尺，而想要分一杯羹？

继续向前走，你会看到狐雀、白喉雀、白冠雀、加拿大雀、歌雀、沼泽雀等雀类出现在低矮的林地中，他们全都在温暖而且不易被发现的河边群居。当我看见红眼雀和黄腰林莺时，非常惊讶，他们居然出现在这里。当然，这里还出现了紫朱雀、卡罗苇鷦鹩和北美旋木雀。

再往前走，树林越来越高，温度也越来越低，已经看不见鸟类的踪迹了。我在太阳下山时开始下山返回，经过一座可以俯视整个城市的山丘。在山腰东部，我见到许多在我心目中像父亲的牧场一样重要的鸟儿——草雀和黄昏雀。这些鸟儿在我前面时而轻快地跑着，时而仅仅挪动一两步，时而在矮小破败的草丛中潜伏，他们的样子跟我小时候看见的一模一样。

过了一个月，在3月4日的时候，我记载了这样的内容：

我这个季度的第一次远行，是在林肯总统就职典礼之后，这是第二个具有纪念意义的就职典礼。那天下午虽然树林中还刮着大风，但天气晴朗，时隔多日，终于迎来了真正的春天。然而在距离白宫两英里的地方，我竟然看见一个正在砍柴的樵夫，他淳朴善良，勤劳专注，好像总统就职这件事跟他一点儿关系都没有，真让人不可思议。在一棵空了心的老树洞里，有一群小狗正温暖而又安逸地躺在里面睡觉。这个樵夫跟我说，这些小狗是一只野狗生下的，那只野狗我可能在石溪的对岸见到过，它经常望着对岸，却无法跨越眼前水流湍急的河，只能"望洋兴叹"，眼神里充满了期待、忧伤、恐惧，不停地来回奔跑，绝望地哀叫着。

今天我还听见了加拿大雀的叫声，这是我第一次听到这么美妙的声音，就像一种近乎于颤音的乐曲，温柔恬静、悦耳动听。我还看到一只小蝴蝶，黑色的翅膀上有一道黄边，就像黑天鹅绒一样，两朵北美茜草的花盛开在一段温暖的河堤下面，美丽动人，青蛙在松树环抱的小溪边产卵生子，雨蛙的鸣叫声也在此刻传了过来。

拟八哥应该是华盛顿出现最早的鸟儿之一，他们会出现在3月1日之后的任何一天。拟八哥喜欢群居，在城市的小树林和公园内，我们经常可以看见他们的身影，这些鸟儿一窝蜂地飞向树梢，发出嘎嘎的叫声，这些叫声铺天盖地响彻云端。不过，当他们回到地面，在草丛里寻觅食物的时候，他们那黑色的羽毛在阳光的照耀下便显得光彩夺目。

每一只拟八哥在这样一个春暖花开的时节，都有一展歌喉的欲望。可惜拟八哥的歌喉总是沉闷无趣，音质粗糙，就像一个患了重感冒的病鸟，虽然他们心里也有一支他们认为很美妙的曲子，却无法很好地表达出来，这不得不让人感到悲哀。但是，如果一群拟八哥在一起合唱的话，那效果就不一样了。当他们浩浩荡荡地聚集在一起，开始同时歌唱时，从远处传来的歌声，似乎变得没那么糟糕了。天空中充满了让人震撼的声音，居然还颇有节奏感，气势非凡，对于我们来说这算得上是一场视听盛宴了。

拟八哥占领了城市所有的公园和绿地，尤其在白宫附近的树林里，简直是拟八哥的天下，他们把这里当成了自己的领地，随时与来侵犯的其他鸟类作斗争。有一天，在财政部西楼的一个办公室里，雇员们发现窗户的玻璃被一个不明物体袭击了，抬头一看，发现在距离窗户几英尺的地方，一只拟八哥正扑棱着翅膀悬停在半空中，保持着一副胜利者的姿态，而一只可怜的紫朱雀，躺在宽大的石头窗台上，颤抖着身体，奄奄一息。

我们可以想象这个悲剧是怎样发生的：一只拟八哥与一只紫朱雀不知因为什么结下了梁子，那只凶悍的拟八哥便拼命地追杀紫朱雀，紫朱雀势单力薄，在与拟八哥的打斗中处于下风，便只能疯狂地逃命。慌不择路中，紫朱雀一头扎进了财政部寻求庇护，结果一不留神，没看清前面的障碍物，一下子重重地撞在了厚厚的磨砂玻璃上，可怜的紫朱雀当场丧命。而尾随而来的拟八哥对于紫朱雀的不幸遭遇显然一时无法接受，不敢轻易相信不费吹灰之力就干掉了紫朱雀，于是在震惊中还悬在半空中观察，以确认紫朱雀已经死亡。等他确信之后，才掉头离开。

当鸟类遇到天敌追杀的情况时，出于求生的本能，偶尔会向人类寻求帮助。当我居住在乡下时，在10月某一天的中午，一只鹌鹑竟然落在了我的床上，这让我异常惊讶，当他看见我的时候，马上惊慌失措地从打开的窗户飞了出去，很明显，这只鹌鹑是因为躲避一只鹰的追杀，迫不得已才闯进我的卧室的。

拟八哥继承了他的原型——短嘴鸦的一些特点，比如天生狡猾。在仲夏时节，拟八哥会胆大包天地闯入财政部大楼的内院，这个内院里有一个树木环绕的喷泉。拟八哥冒着危险进来是为了食物，因为大楼里的人们常常会向窗外扔各种各样的食物，拟八哥贪婪地享受着从天而降的美味。当然，拟八哥也曾面临着难题，那就是他们的嘴啃不动干硬的面包碎片，这时人们便将面包碎片放入水中，等面包湿透后，再捞起喂拟八哥。

拟八哥筑巢的材料是粗糙的树枝和泥巴，而这项艰苦的工作往往是由雌性拟八哥承担的。当清晨的第一缕阳光照射在大地上时，我开始在花园中锄地。我曾经看见一对拟八哥在我头顶上方飞来飞去，他们有着固定的航线，去的时候，他们飞往大概半英里远的沼泽地，回来的时候他们又飞往首都附近的树林里，连续几个上午，他们都这样来来回回。返回时，雌性拟八哥的嘴中总会衔着一些树枝或者泥巴，而雄性拟八哥则两手空空地飞在雌性拟八哥的正上方充当护卫，一路不时地发出粗糙刺耳的鸣叫。有时候我恶作剧地用土块儿袭击他们，雌性拟八哥便惶恐地丢下嘴里的泥巴，跟雄性拟八哥一起落荒而逃。当然，恶有恶报，这些拟八哥后来实施了报复，他们偷走了我的樱桃。

不过，这里的情况跟北部的情况是一样的，樱桃最大的敌人不是拟八哥，而是雪松太平鸟，也可以称他们为"樱桃鸟"。雪松太平鸟偷盗樱桃的技术比拟八哥更加专业，他们有着缜密的侦查，在樱桃还没长出来之前，他们已经开始在樱桃树附近警惕地踩点，可见他们的行动之早。雪松太平鸟有时候三五成群地在天空鸣叫盘旋，声音比拟八哥更悦耳，但在见到人后，他们会动作迅速躲进远处的树林里。

雪松太平鸟是极有耐心的，他们每天都来观察樱桃树的生长情况，什么时候结出果实，什么时候果实成熟，他们都了如指掌。而一旦青色的樱桃果子向阳的那面变成红色，雪松太平鸟便饥不择食地将果子啄食得满目疮痍。刚开始，雪松太平鸟会偷偷摸摸地从房子的一侧潜入樱桃树中，由三两只先打头阵藏在樱桃树枝中，其他的则藏在附近的树中，伺机行动。

他们最喜欢在黎明时分或者阴雨天气偷盗果实，因为这些时间一般没人设防。当樱桃成熟时，雪松太平鸟会更加肆无忌惮地偷盗，甚至当着你的面啄食樱桃，这时你不得不用草团驱赶他们，而当草团不足以吓唬他们时，你可能会被激怒，进而采用扔石头的方法对付他们，因为如果不这样做，你很可能颗粒无收。到6月份，雪松太平鸟将离开这里，迁往北方寻找樱桃。到7月份的时候，他们会在那边的果园和雪松林里安营扎寨。

黄林莺和夏金翅雀是这里较为典型的夏季常住居民（可能应该说成城市居民，因为他们好像更多地选择在城市居住），他们大概在4月中旬来到这里，而且好像特别钟情于银白杨。人们每天都可以在街道上听见他们的歌唱，他们的声音尖锐细腻，但的确有些刺耳。雌鸟同样负责筑巢的任务，她们在院子里来来回回地奔波，啄着晾衣绳上的丝线，一点点收集起来作为筑巢的材料。

在每年的4月1日到4月中旬，华盛顿都会迎来大批的燕子。他们一路上叽叽喳喳地叫个不停，以至于每个新英格兰男孩都对他们记忆犹新。家燕的鸣叫是最先被我们听到的，接着是崖燕，他唧唧的叫声将持续一两天，烟囱雨燕或者雨燕，同样会大量留在此地，直到这一季节的结束，紫岩燕在4月也会出现，他们一般会飞往北部，并在7、8月的时候，带着孩子再返回来。

我们国家的首都坐落在一片几乎尚未开发的乡村处女地上，这里树木茂盛，保留着原始的风貌，这里土地广袤，有不计其数的公园和政府保留地，也吸引了大批的鸟类来到此地。他们根据季节的变化，在飞行途中选择一些地方作为临时栖息地。诸如白颊林莺、棕榈林莺和栗胁林莺这些珍稀的莺类，在飞往北部的途中，常常选择这里作为落脚的地方，他们可以在城市的中心寻觅到食物。

在白宫附近的树林里，我听到过韦氏鸫的叫声。那是在4月份的一个清晨，烟雨蒙蒙。大概六点左右，一只韦氏鸫落在了花园里的一棵梨树上，它的鸣叫声清澈甘甜，像在演奏一支唯美的曲子。6月，他们在北部森林里的歌唱，曲调像现在一样唯美动听、激情四射。

又过了一两天，在同一棵树上，我生平第一次听见了红冠鹩鹪或者是红冠戴菊鸟的叫声，那种叫声比我之前听到过的所有鹩鹪的声音都更加妙不可言。他的声音就像潺潺流水般流淌而出，开始是一声饱满圆润略带尖细的鸣叫，然后转为高音阶，并持续发出一种颤音，其美妙无法用言语表达，总而言之是一支极为精美绝伦的曲子。他们边唱歌，边忙着觅食。毫无疑问，这首曲子代表着鸟类的最高水平。这也难怪奥杜邦在拉布拉多荒野里第一次听见这样的歌声时，投入了所有的热情去欣赏，几近着迷。戴菊鸟和鹩鹪的歌声可以说是师承一派。

我们的首都所在地树木的种类数不胜数，自然吸引了种类繁多的鸟儿前来驻足。财政部大楼后面延伸出去的场地尤其受到鸟儿们的喜爱，这块场地有一个缓和的坡，上面树木繁茂，环境温暖而又利于躲藏，是鸟儿们栖息的理想之所。

初春时节，我可以在这里听到知更鸟、灰猫嘲鸫、拟八哥以及鹩鹪等许多鸟类的叫声。而在3月份的时候，白喉雀和白冠雀便会活跃起来，他们旁若无人地在花圃里嬉戏，有时候会躲在常青树中用狡黠的目光张望着外面。知更鸟的胆子更大，对于看守人竖立的醒目的警告牌根本不放在眼里，依然我行我素地在青草地上散步、奔跑，玩得不亦乐乎。等到了黄昏，他会站在高高的树顶上，自娱自乐地来一段铿锵有力的歌唱。

极乐鸟和拟鹂鹠在这里的时间比较长，他们为了养育子女，整个季节都会待在这里。拟鹂鹠同样是唱歌的好手，他们的歌声圆润高亢，而且一开唱就停不下来，整个上午你都能欣赏到他们没完没了的歌声。有些鸟的歌声铿锵有力，充满激情，就像红衣主教雀一样，拟鹂鹠、裸鼻雀和全部大嘴雀都有这样的特点。而与此相反的是，诸如鸫类那些鸟，歌喉安静，展现给你的是一幅蓝天的画面。

在2月份史密斯学会的场地上，你会听到狐雀的歌声。这是我听到的雀类中最美妙的歌声，他的歌声温柔圆润而又激情澎湃，就像悦耳的口哨声。

5月的时候，一种新鲜并让人充满好奇的声音会出现在你的耳边。当你沐浴在清晨柔和的阳光中时，刺歌雀甜美的歌声会突然传进你的耳朵，你并不知道这种声音神秘的源头在哪里。这是一支由二十多只刺歌雀共同发出的合唱声，声音充满狂热、喜悦，伴着优美的旋律同时迸发出来，然后又突然停止，恢复平静。这声音听起来让人有一种陌生的感觉，好像来自遥远的地方，让人摸不着头脑。要不了多久，你就会发现，一群快乐的鸟儿正飞往北方，正是他们从天空中传来了歌声，他们身上好像还散发着远处草原的气味，一路唱着希望之歌。

刺歌雀在旅途中经常会在特区休息，却不会在特区繁殖，他们白天会在城北的草地上寻找食物。当春季推迟到来时，刺歌雀将在这里多停留七天到十天，他们就像这里的主人，自由自在地生活，凭心情放声歌唱。他们有时候成群结队地搜寻地面，时而在空中盘旋，时而在树顶上停留，一起放声歌唱表达自己喜悦的心情，整个天空都回响着他们愉快的歌声。

他们通常在白天寻找食物，在晚上飞行，这样的状况一直持续到5月中旬才结束。到了9月份，刺歌雀的数量剧增，于是他们启程回家。我在夜间听见了他们回到城区时的鸣叫声，这让我第一次知道了他们返回的行动，他们的叫声在安静的夜晚听起来尤为突兀。我曾经半夜醒来躺在床上，通过打开的窗户，隐隐约约地听到了他们的叫声。莺类大概也是在此时与他们一起返回，因为我可以从众多叫声中，明确分辨出他们发出的怯懦的"应普斯"的声音。在漆黑的乌云笼罩的夜晚，鸟儿们很容易被城市的灯光所诱惑，然后全都在城市上空徘徊不定。

同样奇怪的情形在春天继续上演，但我只能分辨出雪鸫、刺歌雀和莺的啼叫。在5月初，连续两个晚上，我都非常清楚地听见了滨鹬的啼叫声。

在6月的时候，你在这里的草地上，不仅可以看见刺歌雀，还可以看见黑喉鸫。黑喉鸫与雀类是同一种族，作为一个对音乐执著（虽然他的乐感不强）的歌者，黑喉鸫经常在路边的树上或者树篱上，尾巴翘起，唱出并不悦耳的调子，他唱的大致意思是：费斯普、费斯普、费、费。黑喉鸫并没有很好的音乐天赋，但这丝毫不影响他的歌声所散发出来的魅力，所有初夏时候发出的啼叫，都会像黑喉鸫的声音一样形成动听的歌声。

走出市区，石溪地区当属旅游者和爱好大自然的人最感兴趣的地方。石溪起源于马里兰州中部，最后汇入华盛顿和乔治敦之间的波托马克河，是一条水流湍急的大溪流。在华盛顿外五六英里的地方，石溪流经此地，两岸景色宜人，秀色可餐。溪水在遇到一个深不可测的溪谷时，便会顺势流下。溪谷是一个大峡谷，里面生长着葱郁的树木，周围布满悬石和陡峭的岬角。溪水有时候会在一段很长的地段缓缓流淌，有时候又会急转直下，它一路绕过陡弯，从铺满碎石的河床上流过。

在前进的过程中，一些魅力十足的小溪小河会汇入其中，成为溪流的一部分。石溪的一路奔走，让人们欣赏到了不停变换的景色，开阔了视野，同时让石溪的景色呈现出诸如粗犷荒凉等不同的风格，令人赏心悦目。在美国的其他任何一座城市，可能再也找不出这样的地方，让人们如此接近。只要对这个地方稍微进行一点儿艺术包装，从乔治敦到离现在国务院不足两英里的被称之为"清泉"的地方，这一整个流域，将变成世界级的公园，这个公园将无与伦比。在乔治敦和清泉之间，有一些古老原始的通道，这些通道出现在文明社会以前，我们之前只能在哈德逊河和特拉华河在山中的源头才能见到这样的景观。

松溪是石溪在这里的一个支流，这条小溪欢腾不息，流经一个山谷，山谷内风景优美。松溪流经的地方，橡树、栗树和山毛榉林立左右。

这里众多的山泉是我不能不描述的一个景观。山泉所在的地方，基本都是一些偏僻角落的中心，有时候一个一两百英尺长的小山谷的源头也在此。人们可以在小山谷看到或者听到山下奔流而过的溪流。

我平常散步，都喜欢向这个方向走。星期六，一群群顽皮的小孩也会到这里展现他们近乎野蛮的本性，他们在这里玩水嬉戏，充满了欢乐。生活在水边的生物，总是要比其他地方的更加茂盛。生长茂盛的植物给昆虫提供了丰富的食物，而昆虫又为鸟类提供了丰富的食物。在5月的第一个星期，我经常能在阳光灿烂的南山坡上，看见已经开花的地钱，只是花瓣还没有完全舒展开。这时溪水边的臭菘已经从土里长了出来，而且开出了花，大自然似乎跟我们开了一个玩笑。

等到4月初，野花们开始争奇斗艳。这时你可以欣赏到的野花有地钱、银莲花、杨梅、北美茜草和血根草。再过一个星期，你又可以看到春艳花、春美草、水田芹、紫罗兰、矮小的金凤花、大巢菜、紫堇以及委陵菜等，这些花在石溪和松溪随处可见。

每一个品种都有适合自己生长的环境，因此，在每个小山谷和溪水边，总有一个品种特别适应那里的环境，并称霸一方。据此，我可以迅速找到地钱，并且知道在哪里可以找到个头最大、样子最漂亮的。干燥、石头众多、少见树木的山坡，是鸟足紫罗兰适宜的生存环境，在那里，鸟足紫罗兰花开正艳，而在附近的区域鸟足紫罗兰却寥寥无几。这种花我在北部从没见过，它是紫罗兰科目中最美丽动人的一种，所有见过它的人无不对它赞赏有加。鸟足紫罗兰与花园里的三色堇生长方式相似，都是一丛一丛地生长。它的两个紫色花瓣，就像是一件华丽的披风。

大概是5月1日，我在同一个山坡上寻找羽扇豆或者日暑花。从远处看去，日暑花就像是大地的一张蓝色的毯子。5月上半月，在山坡的对面或者在北面，杨梅的花香遍布野山林中。继续往前走几步，便会在一条小溪的底部，看见曼陀罗花的花影，这些花影看起来就像一个个张开的小伞。这种花在4月1日开始萌芽，一个月后开花。曼陀罗花一株只盛开一朵花，蜡白的颜色，闻起来有一股强烈的甜味。在同样的地方，还生长着水田芹、宾夕法尼亚银莲花以及林银莲花。

在石溪树林的山坡下面，随处可见血根草。那里的风会吹走覆盖在它身上的一层干树叶，从而让它与地钱几乎同时露面。这些早春的花儿只需要一丝温暖便能盛开，好像它们在没露出地面之前，已经准备妥当一切，只等外界的气温适宜，它们便会横空出世。血根草在一周还有两三天霜冻的情况下便会出现，我发现在八英尺的雪中，至少有三种以上早开的花被埋在里面。

春美草在石溪地区也是比较常见的一种植物，成串成串地盛开，形式跟很多其他种类的花一样。这时，你会顾不上你所钟爱的紫罗兰或者杨梅，因为春美草会让你更加魂不守舍，它们花开遍地，让你没有落脚的地方。上午林中的漫步者是较为幸运的，因为他们可以欣赏到春美草绝美的芳容，而在下午，春美草会合上它们的眼睛，充满困意地耷拉着它们的头。

我只在一个地方发现了黄色的拖鞋兰，而北美茜草则不受地理位置的限制，随心所欲地遍地开放。4月初，尚未开发的原野和树林，是北美茜草理想的生活场地，因为这些地方温暖潮湿，环境宜人。于是，到了5月份，北美茜草便在这里疯狂地蔓延，满地繁花。你可以在公路上清楚地看见它们摇曳的身姿，就像一张铺在地面上的地毯。

5月的某一天，我去了石溪或者松溪，在那里可以倾听棕林鸫的啼叫声。这个时候，棕林鸫总会自顾自地哼唱着他引以为傲的歌曲。在此时或者在这以前，威尔逊鸫、绿背鸫、隐居鸫等其他鸫类也会相继出现，绿背鸫和隐居鸫的歌声比较低沉安静，而威尔逊鸫的歌声则嘹亮、悦耳、动听。

我会在5月初的时候发现树林中的莺类多了起来，他们在非常迫切地寻找食物。这是因为在飞往北方的旅途中，充足的食物是必不可少的。众多的莺类在每一根树枝和每一片树叶中寻找食物，几乎是地毯式的搜寻。不论是高高的郁金香，还是矮小的香灌木，都是他们搜寻的目标。然后，他们会在夜间离开。北森莺、栗胸林莺和布莱克伯恩莺等这些莺类在这里停留的时间很短，但他们无拘无束地唱着歌，就像在自己的家乡一样。接连的两三年时间，我都曾看到一群栗胸林莺在高地的橡树林里寻找食物，并且经常栖息在高处的树枝上，动作慵懒，仿佛只是想在这个地方休息片刻。

夏季的时候莺类在这个地方逗留的比较少，我所知道的仅仅有黑白林莺、黄腹地莺、食虫莺、橙尾鸲莺和蚋莺,他们是在石溪附近生活的。

黄腹地莺是上述莺类当中比较有趣的一种,却很少被人见到。一般他们会在树林中潮湿的低地或者某一条小河的陡坡上出现,我在这些地方遇见过他们,并且听到了他们清脆悦耳、犹如铜铃般的啼叫声音。在一阵鸣叫声后,你便会看到一只矫捷的鸟叼着一只虫子从树叶的背面飞了出来,往往是先听其声后见其鸟。由于黄腹地莺属于地莺科,所以他的飞行高度很低,比我所知道的其他鸟类的飞行高度都要低。黄腹地莺总是在地面上飞快地奔走,在树叶和树枝的背面和地面的缝隙里寻找诸如蜘蛛和小虫之类的食物。不过有时候他们也不局限于这种方式,他们也会飞到八英尺至十英寸高的地方,在落下的树枝或者枝蔓的背面捕捉虫子。

因此,每种鸟都有各自的活动空间。黄腹地莺的活动空间是由地面到三英尺的地方,这是黄腹地莺寻找食物的区域;而食虫莺、哀地莺、马里兰黄喉林莺们则是在高于六英尺到八英尺的区域活动;黑喉蓝林莺最喜欢的区域是高大树木的低枝或者矮小树木的高枝,因此,我们在这些地方总能发现他们;鸫类喜欢在地面或者靠近地面的区域寻找食物;最高的树枝是一些绿鹃以及正宗的翔食雀的地盘;而枝繁叶茂的低矮树林则是莺类的最爱。

黄腹地莺在莺类当中,算是体型较大的一种。他的背部呈现出明显的橄榄绿色,而喉部和胸部则是明黄色。他的脸颊两侧各有一道黑色的条纹,始终伸着的脖子,也是黄腹地莺显著的特征之一。

蚋莺是一种比较常见的鸟,但我在北方从没见过。奥杜邦称他为"灰蓝翔食莺"。他的形态和举止简直跟灰猫嘲鸫一模一样,只不过比灰猫嘲鸫小一些。蚋莺非常注重保护自己的领地,当你闯入他的地盘时,他会焦躁不安,发出如同小猫一样的"喵喵"声,接着,他会竖起尾巴,左右摇摆,放下张开的翅膀,摆出各种各样的姿态，很容易让人联想起他的灰色的原貌。他淡蓝色的上身，向下渐渐变淡，到胸腹部已经完全变成了白色。他是一只招人喜爱的鸟，娇小可爱，有一根修长灵动的尾巴。他唱歌吐词不清，吱吱呀呀，并不连续，带着一种颤鸣，听起来像金翅雀，有时候又像小灰猫嘲鸫，还有时候像金色小啄木鸟，有点儿四不像。

在这个地方，白眉灶莺也是我感兴趣的鸟儿之一。这种鸟也被叫做大嘴灶莺或者水鹨鸰。这种鸟就连鸟类学家也难以分辨清，据说这是最难识别的三种鸟之一。另外两种则是人人皆知的橙顶灶莺（或者林鹨鸰）和黄眉灶莺（或者小灶莺）。

白眉灶莺目前难得一遇，数量不多，不过在石溪一带，运气好的话倒可以常常看到。这种鸟动作轻快，活泼好动，有着迷人的嗓子。5月，阳光明媚，我在溪边散步，看见一对白眉灶莺在溪水边你追我赶，我停在他们之间，那只雄鸟随兴唱出了几句歌，顿时让我震撼不已，这是我听过的感情最为浓厚的歌声，几乎是瞬间的迸发，一开始的几声清脆圆润的音符，恰如竖笛般的开头，而后在快速凌乱的颤音中结束。

白眉灶莺与鸫仅仅在颜色上有些相同，都是上身呈橄榄褐色，灰白色的腹部，脖子和胸部有一些斑点，而生活习性与百灵的十分相似，他们的形态和声音如出一辙。

黄胸大即鸟莺会在石溪的路上欢快地歌唱，这也让我非常开心，不过也有让我感到厌恶的时候。这种鸟并不是纯种，尽管他与灰猫嘲鸫在形态上有相似之处。巧嘴八哥是一种吵闹的鸟儿，并不安分，相比之下灰猫嘲鸫则表现得温顺和气。

黄胸大即鸟莺是个大嗓门，一旦发声绝对响如洪钟，十分独特。林边或者无人问津的低洼地中的茂密低矮树林，便是他们的地盘。你会在那里听到他的啼叫声，这种声音是他的小夜曲，是一种多变、奇特而且粗狂的声音，跟乡村的剪嘴鸥非常相似。

这种鸟一般不会因为你从他的地盘经过而对你产生敌意，但如果你在此地逗留或者四下闲逛，他们就会对你不客气了。这时他们情绪会非常激动，从树枝背后监视着你的一举一动，然后发出像猫一样"喵喵"的叫声。随后，他们还会向你发出疑问，比如"是哪位，是哪位"的清晰的质问。这还不算完，他们接着会发出一连串焦躁不安的叫声，这是一种不友好的举动，黄昏时分的森林里充满了他们的愤怒。他们有时候会学小狗"汪汪"地咆哮，有时候会学鸭子"嘎嘎"地驱赶，还有时候会学翠鸟"咔咔"地叫。当然，狐狸般的号叫、短嘴鸦"呱呱"的叫声、"喵喵"的猫叫等也都是他的拿手好戏。

有时，你以为他的叫声来自远方，可是冷不丁，他一变换曲调，似乎又到了你面前。他是一只内向害羞的鸟，当你准备仔细观察他的时候，他会小心地躲在遮挡物后面。如果你有足够的耐心等待，不一会儿他就会出现在一根树枝上，然后耷拉着翅膀，左右摇摆，情绪亢奋。但过不了半分钟，不安分的他又会飞往树丛中，然后，继续开唱，发出的流畅的舌音几乎没有哪个法国人能够与他一比高下。"荷－呃－呃－唔呃"，就是如此"－西－嘎嘎、嘎嘎－伊特－伊特"，这时进入了高潮部分，"－特和－荷－荷"，随后，"－呱，呱－卡特、卡特－提博弈－湖，湖－喵，喵"，一直这样进行下去，只要你乐意听下去，他就会没完没了地唱。

有一次，我特意观察了一下这种鸟的叫声，在一天当中，我发现他发出六种啼叫声或者说六种不同的叫声。他每次发出一种声音后，都不会重复这种声音，而是按照顺序唱下去，即便是唱十几遍，也不会有任何变化。让人奇怪的是，当你离开他，不去招惹他时，他反而会飞到你附近来观察你。他会双腿伸展，头部朝下，一对翅膀快速地挥动着，整个动作奇异而富有表情，飞翔得干脆而可爱。

黄胸大䴕莺的羽毛坚实且厚密，上身是淡橄榄绿色，下身是金黄色，嘴呈黑色，而且很坚硬，所以不管是从形态还是颜色方面考虑，黄胸大䴕莺都是一只如同绅士般优雅的鸟儿。

在这个地方，红衣主教雀和弗吉尼亚红衣主教雀也是常客。不过他们更倾向于生活在林中。他们生性胆小，这主要是因为他们是鸟类爱好者和男孩子们持枪射击的猎物。他们长着笨重的尖嘴，有着很高的鸟冠，脸上的黑斑纹让人过目不忘，头部以及颈部透露出一股沉稳的气质，加上他站立时的姿态，让人联想到了英国的红衣兵，有着果敢，类似军人的作风。他们能够发出某种笛子的调子，天生擅长歌唱或者说吹口哨。当他们发出如军刀般叮当作响的声音时，那表明他们受到了打扰。

昨天，在河边一处安静的绿树下，我慵懒地坐在葡萄藤上荡秋千，这时有一只鸟出现在我的视线里，她是前来捕食的。她离我很近，就在我上方大约几英尺的地方。她飞来飞去，间或发出尖叫的声音，这时一只蛾子也可能是昆虫企图偷偷溜走，却没有逃过她敏锐的眼睛，她动作迅速地从我身边的绿树上俯冲而下，就像天空中坠下的一颗流星。她在看见我的一瞬间，惊慌失措地飞走了。这种雌性的鸟的羽毛本来是褐色的，但当她飞起来的时候，一抹红色就会暴露出来。

红头啄木鸟应该是华盛顿一带出现最多的啄木鸟，至少迄今为止是，甚至比知更鸟更为常见。他们并不藏身于茂密的树林，我几乎每天都会在山坡或者荒野里那片破败的橡树林里，听见他们那吓人的尖叫。"科特尔—尔—

科特尔—尔",听起来就像大树蛙在叫。红头啄木鸟的嗅觉灵敏,性格坚强。他们飞翔的时候尤为美丽动人,在无边的林地上,阳光穿梭在树之间的缝隙里,投射出一道道迷人的色彩。红头啄木鸟同样是一种具有军人气质的鸟儿,他沉稳的姿态,高贵的气质,红白相间以及钢青色的礼服,无不衬托出他军容的威严。

在城市东北部有一条路,我喜欢从那里经过。首都距离这个地方不足一英里。在那里,一片广袤的、坡度缓和的绿山坡会呈现在你的面前,顺着这个山坡往前,是一大片青草地。这片略有起伏的草地,我们姑且可以称之为山顶,山顶被大片的橡树林所覆盖,远远看去,犹如给大地披上了一件披肩,随风飘起,十分美观。

在市区的任何地方,这道美丽的风景你都不会错过。如果你从北自由市场向纽约路看去,你的目光会停留在这片动人的风景上,而不会顾及街道上的红泥土。这片风景似乎在引导人们前往,好净化一下自己躁动的心灵。当我经过一条坚硬而毫无生气的街道,目光进而转向它时,我的目光便彻底被它深深地吸引了,而且无法拒绝。它就像一道甘洌的泉水,沐浴着我的目光。成群的牛羊有时会到这里吃草。在6月份的时候,干草被收割后捆成了垛子。而当冬季来临,白雪飘零时,一堆堆的干草依然安静地堆放在这里,似乎是让人重温那美好的时光。

最美丽的林区之一,坐落在小山东侧,它一直延伸到东部的林地。这里主要生长着橡树和栗树,当然,还有一些散落的月桂、杜鹃和山茱萸。这个地方是我迄今为止发现的唯一生长犬牙紫罗兰的地方,也是采摘五月花最好的地方。在山坡的一面,青苔遍布,走过青苔,便是五月花的天下。

从这些林地是可以走到市区的,在那里你可以看见国会山的拱顶,它高高地耸立在绿色的山坡前，有着四千吨的钢铁打造的坚强体魄，却以优雅舒展的姿态呈现在我们面前。我见过华盛顿所有美不胜收的景色，但让我最难忘的，却还是国会山的美景，这里的景色就像白云一样缥缈，妙不可言。

——1868年

白眉灶莺

菲比霸鹟

白眼翔食雀

灰冠山雀

○ 桦树林中的冒险之旅

位于纽约州的南部，包含阿尔斯特、沙利文和特拉华三个县的区域，是我此次要介绍的地方。这个区域到处都是荒地，除阿迪朗达克山脉之外，这个地区拥有纽约州绝大部分的荒地。哈德逊河、特拉华河的支流都依靠这些地区提供水源。卡茨基尔山脉横跨这片区域，并因此给它带来了严寒的北方天气。在纽约州的一些地图上，我们可以查到卡茨基尔山脉也叫做"松山"。很显然，这与实际情况并不相符。

据我所知，所谓的"松山"上面并没有松树，称其为"桦山"倒可能更为确切，毕竟在这里的山上，桦树是主要植物。其实，黑桦和黄桦才是这里的土著居民，也就是它们的故乡。在这里，它们生长茂盛，形成了一定的规模。在山坡上，还分散着桦树和枫树。而在以前，这里的情况却大为不同。那时铁杉占领了山坡的下面，几乎把山谷都给掩埋了，茂密的铁杉让伐木工和制革工垂涎三尺，以至于纷纷来到这里开采。经过大量的砍伐，除了一些偏僻无人涉足的地方尚存一点儿外，目前人们已经很难寻找到铁杉的踪迹。革在尚代肯和伊索珀斯这些地区，铁杉差不多是乡村唯一的产品，或者说是仅有的可供生产的产品。当地居民由于没有别的经济来源，以铁杉树皮为原料的制革厂随之兴起，一时形成了产业化，有些制革厂甚至保留至今。

在这个本应树木生长的季节，我走过那片区域时，却只看见几棵稀稀疏疏的铁杉树凄凉地竖立在高高的山坡上，它们曾被无数次地砍伐、剥皮。在经历过这样的厄运后，它们依然会被人们再次剥去新皮，直到白色的树身被开膛破肚裸露出来。从远处看去，就像一根根森森的白骨，非常扎眼。

这些山跟其他火山区的山不一样，一般火山区的山都会有陡峭的山峰和峭壁，而这些山却没有。它们一望无边，整齐排列，生长茂盛的树木遮蔽了整个山顶，从远处看去，就像一个宽广而起伏的地平线，美不胜收。如果站在特拉华河源头的高地向南部看，一座接着一座的蓝色山脉便会出现在你的面前，它们在二十英里外连绵不绝地延伸着。如果茂密的树林里缺少了几棵树的遮挡，那么你就可以透过其中的缝隙，趁机一览远方美丽的景色。

进入这一区域的路线很多，但如果你要从哈德逊河的一侧进入，就必须顺着索格蒂斯腹地前进，中途走过一段坎坷的乡村道路——这些乡村位于卡茨基尔山麓边缘——再经过几个小时的车程，一座高山便耸立在你的面前了。这座山成为这一系列山脉的一个地界，我们可以称做"高峰"。这座山的东面以及东南面比较陡峭，顺着这两个方向延伸下去，便会伸向平原。从山坡上可以俯视二十英里外的哈德逊河，风光一览无遗。而在这座山的背面，有无数的小山脉，从西及西北方向延伸出来，衬托着高高在上的主峰。

我所讲的那片土地，距离宾夕法尼亚大约一百英里。这是一片乡村区域，宽二三十英里，荒凉且杂乱不堪，人迹罕至，能看上它一眼的恐怕只有去纽约和伊利铁路的旅客了。

这一地区有一些小的湖泊和众多的山泉，它们是这里众多溪流的源头。这里的溪流清澈冰凉，有很多鳟鱼生活在里面。那些湖泊和山泉有一部分是有名字的，比如有磨坊溪、枯溪、威拉威马克溪、海狸溪、鹿林溪、豹溪、不沉溪、大因金溪和卡勒昆溪。海狸溪作为西部主要的排水口，流向汉考克的荒野地区和特拉华河。不沉溪是从南方流向特拉华河的。伊索珀斯河则是由东部的百川和大因金溪汇合形成的，并一起流向了哈德逊河。枯溪和磨坊溪的鳟鱼最为出名，它们经过十二至十五英里的路程，最终也汇入了特拉华河。

特拉华河的东支流或者皮帕克顿支流沿着这里山中的水路蜿蜒而上，在路边众多的小溪边，我曾经很多次取水解渴，山泉甘洌，清凉无比。几英尺远处，河水突然扭转方向，朝着熊河和斯克哈里河流去，最后一同汇入莫霍克河。

我国幸存的珍稀野生动物，在这里都可以找到它们的踪迹，羊群经常会被出没的熊所骚扰，山谷里的空地也成了它们蹂躏的对象。

大因金山谷和不沉溪的源头，以前曾是大批旅鸽繁衍生息的地方。他们在树顶上筑巢，一排排地可以延伸几英里远。鸟父母们会相互交流，飞来飞去，好生热闹。然而，这也招来了远近的猎手，他们经常在春季大批大批地杀过来，不论老鸟幼鸟全部杀掉。这种赶尽杀绝的做法，让旅鸽几乎灭绝，现在树林里的鸽子已经寥寥无几了。

在这里，幸运的话还可以看见鹿，但其数量也在日益减少。就在去年，海狸溪附近就有人猎杀了七十头鹿。我听说有一个十恶不赦的家伙发现了一群被风雪围困的鹿，他像发现了奇珍异宝一样，迅速穿好雪鞋，眼神凶恶地扑向了鹿群，结果可想而知，这个人在早饭前的一个清晨，就杀死了六头鹿，并扔下它们的尸体，若无其事地转身离开了。俗话说，善有善报，恶有恶报，但这个穷凶极恶的人却未能遭受报应，实在让人不敢再相信这句话。

然而，那些溪流或者湖泊里数量众多的鳟鱼，才是最引人瞩目的东西。这里的水温很低，泉水的温度一般在6.7℃，溪水的温度约8.4℃。虽然这里的鳟鱼不大，但在一些偏僻的支流，鳟鱼的数量却很多。鳟鱼生活在这里，它们的颜色变得深黑，而在湖泊里，它们的颜色非常艳丽，是语言所无法形容的。

由于大量的垂钓者进入这片水域，所以海狸溪这个本来很陌生的地名在纽约的垂钓者中已经耳熟能详了。

亚口鱼盛产于卡勒昆荒野中的一个湖泊里，这是一种白色的鱼，品质优良。捕到这种鱼很不容易，只有等到春季，亚口鱼进入产卵期，当"树叶长得像金花鼠的耳朵一样"时，才能开始捕获。黄昏时分，鱼儿开始沿着小溪及小河游上来，越聚越多，最终河里游满了鱼儿，密密麻麻地挤在一起。捕鱼者们这时会轻而易举地将鱼儿打捞起来。他们往往会用大桶或者直接下水用手捞鱼，整个过程简直不费吹灰之力。用这种简单的捕鱼方式，几个捕鱼者就能捕到一车鱼。

我十分熟悉这里及周边的环境，尽管如此，我却只有两次进入这里的荒野地区的经历。第一次是在1860年，我跟另外一个朋友从海狸溪出发，前往它的源头，驻扎在鲍尔瑟姆湖畔。然而，一场突如其来的暴风雨袭击了我们，这场暴风雨持久地进行，我们迫不得已只好在毫无抵抗力的情况下撤离。我们俩徒步跋涉在山间一条不起眼的小路上，为了使旅途更加舒适，我们携带了很多东西，但这种愚蠢的做法让我们步履维艰。后来我们在山顶上歇息，天空下起了蒙蒙细雨，我们在雨中架起火堆烤鱼，吃香喷喷的烤鱼也是一件十分惬意的事情。黄昏时，我们在磨坊溪边找到一间小木屋，这间小木屋虽然简陋，但充满了温馨。这些场景，都是我们一生无法忘记的。

在1868年，我们前往托马斯湖的一片水域，这片水域属于同一个山脉。我们一共三人准备去那里做一个短暂的垂钓旅行。从这次特殊的远行中，我意识到了印第安人的生存技能是多么强大，让我自愧不如。在他们眼中，我们这群人在崇山峻岭之间艰难的跋涉是相当愚笨和可笑的。

6月的一个下午，在靠近磨坊溪源头的一间农舍，我们离开了队伍，背着我们的行李，朝着山基的森林走去。我们的计划是翻过在我们和湖泊之间隔着的那座山脉，并且在天黑以前完成。我们雇了一个年轻人做向导，这个年轻人脾气很好，但是有些懒惰，他帮助我们走完了最开始几英里林间小路，这样我们就不至于一开始就迷失方向。

其实这个年轻人也是正好在农舍歇息，他有一个联邦军的背包，很引人注目。对于他来说，找到我们要去的湖是易如反掌的事情。不过从地图的说明上看来，这里的地貌的确非常简单，这也让我们坚信在天黑以前能够抵达目的地。"从这条小溪往前走，一直走到山边的源头。"他说道。还有其他的捷径吗？再接着问他，他也只是说等到了山顶的时候我们应该"一直向左走"。当然这又给了我们一种选择。在错综复杂的森林里，"一直向左走"这种做法并不可靠，因为我们可能会走得太左，以至于偏离了方向。比如，如果我们要去的湖就在我们的对面，可我们却一直向左走下去，那岂不是要错过我们的目标了吗？幸好，湖并不在我们的正对面，而是在偏左的方向。此外，有三个山谷全都通向湖，我们可以很容易地顺着其中的一个前往。

不过为了安全起见，我们还是雇了那个年轻人作向导，他带着我们走向正道，我们一起走过了那个所谓的"向左边走"的地方。这个年轻人认识路，因为他在去年冬天去过那个湖。前半个小时，我们发现了一条冬天向外运输桦木的小路，于是我们顺着这条昏暗的林间小路一路前行。路边有一些铁杉，但远不及枫树和桦树多。山间树木繁茂，密不透风，少见低矮的灌木丛，坡度缓和，上坡的时候并不费力。四下安静，我们一路唯一能够听见的声音便是右侧哗哗的溪水声。

我在一条小溪里看见很多鳟鱼。溪水温度很低，冰冷刺骨。向前走了没多远，道路开始变得崎岖起来，小溪经过散落的岩石时分散成若干细流，这些岩石上长满了青苔。我们爬上陡峭的山坡时无比艰难，每一步都付出了极大的努力，每个人都累得喘不过气来。几乎在每座山的山顶，都会有一个最陡的棱角，可能这是大自然的有意安排，正如黎明前的黑夜一样，让我们在成功之前必须经历一些磨难。我们面临的山角越来越陡峭，这种情况直到顶峰才有所缓和，顶峰上面是一片光滑的平地，或者说是一块圆形区域，这是很久以前山顶上的冰雪造成的。

这座山的背后是一片山洼，我们发现这里的地面松软而潮湿，一些巨大的羊齿竖立在这里，几乎与我们同高。之后我们又穿过了几片泽地忍冬的树林，它们正开着娇艳的红花。

我们年轻的向导将我们带到一块儿大岩石边停下来，此时地势向另一方延伸而去，至此向导告诉我们他已经完成了带路的任务，我们完全可以自己找到湖了。"湖就在那边。"向导一边说一边指着前面。但是很明显，他自己也不太确定前面是否就是湖。之前有几次在岔路口的时候，他也是模棱两可地徘徊不定，在翻过山顶按照向左走的路线行走时，我们却发现这是一个错误的选择，这让他颜面尽失，羞愧不已。尽管如此，我们也没有考虑太多，因为我们有足够的信心找到湖。我们向他告别，然后快速地向山坡下走去，沿着一条小溪前行，我们确信这就是通往湖的道路。

我第一次注意到棕林鸫这种鸟儿，是在此处东南方向的树林里。从山那边过来以前，我并没有看到或者听到任何鸟儿的动静。棕林鸫有着嘹亮的颤音，在寂静的山林里显得格外突出。我在半山腰寻找遗失的钓鱼竿时，偶然看见一个棕林鸫的巢，它筑在一棵小树上，高约十英尺。

我们一直顺着下山的路向前走去，那条小溪成了我们唯一的向导。小溪一路走来，已经变得壮实起来，它现在成了一条游动着的鳟鱼，颇有气势，当时那细软的流水，已经摇身一变成了滔滔的波浪。直到此刻，我们才开始焦虑起来，拨开树丛，努力寻找湖的踪迹，或者说寻找一些特殊的地貌环境，以证明湖就在附近。在一番仔细的观察之后，我们发现之前观察到的目标，其实只是一片耕地。从近处的树下和从远处的树上观察，看到的是完全不同的结果。我们进一步发现，在这片耕地旁边，是一块被火烧过的休耕地。眼前的状况，给了自信的我们一个沉重的打击。没有找到湖，就无法钓到鱼；没有钓到鱼，我们的晚饭就缺少了美味。我们觉得，说不定是那个懒惰的年轻向导耍了我们，要不然就是他自己也迷了路。鳟鱼一般是在日落时分活跃，所以，我们迫不及待地要在这个时间以前赶到湖边。

我们继续前进。很快，我们来到了一片到处都是残枝败叶的原野，它在朝西的陡峭的山谷之上。在我们脚下，有一个非常简陋的小木屋，从木屋里冒出缕缕青烟，这个木屋距离我们大约有一千多英尺。这时，从屋里走出来一个小男孩，他提着一个桶正准备去小溪边，我们马上朝他呼喊。小男孩看了我们一眼，出于谨慎或者是害羞，并没有接我们的话，而是转身跑进了屋子。不一会儿，他们一家人都出现在了院子里，淡定地看着我们。我想，即便是我们从他们的烟囱里从天而降，他们也不会眨一下眼睛。他们说的话我们听不懂，我们走下山，进入他们的家中，才不得不接受一个残酷的现实，那就是我们依然在磨坊溪的一侧，我们之前所做的努力，只不过是翻过了一个山梁。这主要归咎于我们前行的时候，路线还不够"左"，这就意味着主山脉依然横在我们与湖泊中间。我们从出发点顺着溪水走了大概五英里，事实上已经越过了湖两英里。所以，我们现在只能再回到山顶，在向导离开我们的地方，继续向左走。

过不了多久，一排极具标志性的树便会出现在我们的面前，那时它们将为我们带路，直到找到湖为止。经过这样的分析，我们决定马上行动，这需要我们具有极其顽强的意志，因为重走回头路对每个人来说都是极其郁闷的一件事，毕竟这既耗费体力又浪费热情。

太阳落山的时候，我们才艰难地返回去。走到半山腰，天已经完全黑了。我们的体力严重透支，不时得停下来靠在背包上休息一会儿，所以进程十分缓慢。到最后，我们实在坚持不下去了，于是决定就地露宿。我们选择了一块巨大而且平坦的岩石作为据点。很快，生了火，打扫卫生，吃了一点面包，并且挂起了我们的装备，这样做的目的是防止附近的豪猪接近我们。做完这一切，我们终于可以卸下一身装备好好睡觉了。如果晚上有猫头鹰或者豪猪（我怀疑我已经在半夜听到了一只豪猪的叫声）闯入我们的营地，那么岩石上铺着的一条野牛皮毯子以及两头分别摆放的三项旧式帽子和三双破旧的牛皮靴，足以吓走它们。

我们躺在地上，一开始并没有蚊子来骚扰我们，这让我们颇感庆幸。然而好景不长，摇蚊开始神不知鬼不觉地袭击我们了，这种蚊子被梭罗描写的印第安人命名为"看不见的敌人"，确实相当恰当。在我们燃起的篝火熄灭之后，摇蚊开始大张旗鼓地叮咬我们。我的双手和手腕被猛烈地攻击着，突然间一种无法忍受的痒痛蔓延开来。我第一个念头就是中毒了。之后这种痒痛继续扩散到我的颈部、脸部，直到头部。这时，我才明白我该怎么做了，我赶紧用衣物把自己包裹得严严实实，并竭尽全力地保护双手，我决定等我的同伴们睡着之后我再入睡，因为他们好像并没有把这些"看不见的敌人"放在眼里。除了摇蚊，我们的卧床在我这里凹凸不平，整理房间的女仆并没有把毛毯铺平，我身下总有一个鼓起的包无法压平，这让我躺下去也无法安然入睡。当我刚把它抹平后，它马上又会恢复原形。没办法，最终我还是妥协了，克服了这个让我无法安睡的困扰，睡着了。

深夜，我从睡梦中醒来，正好听见一只橙顶灶莺在不远处唱歌，它的歌声嘹亮轻快，跟中午的歌声一样动听。这时，我一扫心头的不痛快，反倒觉得自己挺幸运的。有些鸟儿也会在夜间啼叫，但不常见，雄短嘴鸦就是其中之一。另外，我也听到过毛鸟、极乐鸟和皱领松鸡在夜间的啼叫，皱领松鸡发出的叫声就像敲打出来的密集的鼓点。

当我们睁开眼，清晨的第一缕阳光射入我们的眼帘时，在离我们几十英尺远的地方，一只棕林鸫正在忘情地放声歌唱。随后，灰色的晨光越来越多，最终把我们包围了，这时树林里到处都是鸫类激动人心的歌声。这次的歌声比我以前听到过的都要悦耳，这是一首精妙绝伦的乐曲，如同甘霖般滋润了我们这些刚刚经受过重大打击的人的心灵。鸟儿每天做的第一件事情，就是放声歌唱。而且他们在歌唱之前，是不会去捕食的，所以虫子们大可不必惊慌。根据我的经验，鸟儿栖息的地方一般距离地面几英尺高。而且一个不可否认的事实是，不论在什么样的情况下，鸟儿都会栖息在自己筑巢的地方，正如我们亲眼所见，棕林鸫居住在林中的第一层。

棕林鸫的分布情况跟一般鸟类的分布规律不太一样，在我刚进行观鸟活动的时候，我惊奇地在这些林地发现了他们。我曾经发表过两篇并不十分缜密的论文，在里面我讲述了棕林鸫的分布情况。我那时认为棕林鸫并不出现在卡茨基尔山的高地，那里比较常见的鸟类是韦氏鸫和威尔逊鸫。但这个结论现在看来显然是不准确的。棕林鸫也会出现在高地，只是这种情况比较少，他们的生活习性非常隐蔽，甚至比隐居鸫和韦氏鸫更为隐蔽。我们只有在棕林鸫的孵化期，并且在东南方向的山坡上才能看见他们的影子。在这些地方，我从来没有发现过在此过季的棕林鸫，这种情况与我在本州其他地方了解的事实大相径庭。所以说，同一种鸟在不同的地域生活，其习性也会不一样。

天刚刚亮，我们便准备继续出发，完成我们尚未完成的旅行。我们的早餐很简单，一点儿黄油和面包，还有一两口威士忌，仅此而已。面包和酒的存量本来就不多，但我们准备多留一点儿，因为一旦我们没有找到鳟鱼，面包和酒可以为我们提供足够的食物。

我们很早就来到了那块岩石处，我们就是在这里与向导分开的。我们对四周茂密的森林充满了迷惘，在走错一次后，重新回到原点，而且在依然迷茫的状态下，依靠我们的判断力重新选择道路，这的确是需要相当谨慎。这里的山顶都非常开阔，如果从森林中看过去，原本你以为很近的地方，等你到达的时候会发现其实很远，所以站在山顶时，谁也无法准确地判断出这里的地势，包括不计其数的山梁和山脉分支以及山势的变化。这些情况仅凭人的肉眼是无法精准地判断出来的，在你不经意间，你所希望到达的目标就已经偏离了你计划的轨道。

这时，我想起一件事来，那是一个我认识的年轻农民讲给我听的。他曾经在这片地区走了一整天，没有向导，也没有路，但最后顺利地到达了目的地。

这个农民在农闲的时候，就会去卡勒昆地区（此处以盛产树皮闻名）剥树皮。那天他剥完树皮，打算走一条近路回家。这条小路有十到十二英里的路程，只能步行前进，而且还要翻越几座山头，在当地，没有人愿意走这条路。有个老猎手当时阻拦他道："千万别走这条路啊，不然你会后悔的。"可是他归心似箭，老猎人的话并没有动摇他的决定。他向老猎人仔细询问了这片森林的地势情况后，就带上斧子出发了。

他顺着林间小道，跋山涉水，一路前行。走累了，就停下来休息，同时记住前方的一棵树、一块石头或其他东西，以此作为标记，以免走错了方向。他记得老猎人曾经跟他说过，如果他在路上看见一座猎人的小木屋，那就说明他走对了。果然，中午的时候，他见到了那座小木屋。等到夕阳西下时，他安然无恙地回到了位于枯溪的家中。

传说中那棵作为标记的树，我们一直没有见到，几经思考后，我们打算向左边的山坡前进（由于怕下山太快，我们只敢向上走，这个时候，对我们最有利的地形就是山坡了）。我们一边走，一边在树上做记号。

不一会儿，雾气起来了，更加难以辨别方向了。但我们并未因此而停下，我们翻越山峰，沿着羊肠小道不断前行，最终抵达小溪边。我们在一块岩壁下发现了溪水的源头，这里的地形非常平坦，白桦树长得很粗壮，枝繁叶茂。

稍作休息后，我们恢复了一些体力。我们一致认为，既不能继续像无头苍蝇一样到处乱撞，也不能坐以待毙。最后，我说出了自己的想法：他们留在小溪边看管物品，我独自一人去寻找湖泊，如果我找到了，就放三枪，通知他们过来；如果没找到，要回来，就放两枪，而他们则以同样的方式回复我。

于是，我打满一壶溪水，向小溪下游走去。我走了大约两百英尺后，小溪就从地表流入地下了。我经过一番思考后，打算向左边走。似乎"向左走"已经成了指导我前行的唯一指令。

不久，雾气渐渐散去，周围的地形也清晰地进入我的视线内。我好几次向下面的山谷看，打算下去看看，但几经思考后，我还是决定继续沿山峰前行。

就这样，一路走一路想，当我走到一块大石板前时停了下来。忽然，我听见一阵声响从山下的树林里传来，似乎是一只体型巨大的动物的脚步声。好奇心驱使我一探究竟，于是我悄悄向下走去，却只看见一群正在吃草的小牛。我们曾好几次沿着它们踩出来的小路前行，山顶上的草坪则是它们晚上睡觉的地方，我们曾经在早上见到过。

这些小牛一点儿也不怕人，它们不但不像我预料的那样四散奔走，反而向我靠了过来，似乎想向我打听外面的世界，或者想询问自己价格几何。它们舔舐着我的手、我的衣服和我的枪。其实，它们是在寻找盐分，但凡带咸味的东西，它们都不愿意放过。这些小牛的皮毛富有光泽，应该只有一岁左右，看上去桀骜难驯。

这些牛莫非是野牛？不是的，它们其实是村里的农民饲养的。春天的时候，农民们把小牛赶进山里，等到秋天时再赶回去。这样的话，小牛不但不会长肥膘，还会具有小鹿一样的灵敏。每过一个月，牛主人就会进山给它们喂一次盐。这些我们都是后来才知道的。

小牛们非常遵守规则，只在自己熟悉的区域活动。看它们那吃东西的样子，确实非常有意思，它们不假思索地嚼食着嘴边的树枝、灌木丛以及其他一切能吃的植物。

小牛们一直跟着我，企图随我而去，于是，我专挑一些崎岖的山路走，最终甩掉了它们。

我一边沿着螺旋状的山路向下走，一边向山下扫视，希望能看见一片水面的踪影。越往下走，地势越平缓，山林也变得开阔起来。这里的树木长得非常粗壮，我还是第一次看见这么多黑桦树，心情大好。朦胧中，牛蛙的叫声随风而至。显然，这附近一定有水，于是我加快脚步向前走去。当我走出树林时，牛蛙的叫声更大了，这让我异常兴奋，"扑斯拉格、扑斯拉格"的声音牵引着我奔跑起来。

接着，一片蓝色的光透过树丛映射了过来。刚开始，我以为那是天空的颜色，但当我慢慢走近时，才发现那是一泓蓝色的水。眨眼间，我便走到了湖畔。这片湖水给我的震撼难以言表，我只能愣在那里。

阳光照耀着湖水，波光粼粼，如梦如幻。一个人在山中穿行这么长时间，眼前豁然开朗，不由心旷神怡起来，目光如同初脱樊笼的鸟儿，欢快地在这景色中活蹦乱跳。

这个湖的面积有一英里见方，呈长长的椭圆形，湖的周围全都是树木。我站在湖边凝视了一会儿之后，又回到了林子里，把枪装上弹药，朝天空开了三枪。枪声响彻山谷，牛蛙马上停止了鸣叫。我等了片刻，没有听见回应，于是我又放了三枪，但仍然没有得到回应。后来才知道，我开的这几枪，只有一个同伴听见了,他当时正站在一块大石头上,而且只听见了一声枪响。

我觉得我走得太远了,他们没听见我的枪声,于是我又往回走,却没有走来时的老路。 我每走一段距离,就开三枪。我觉得这么大的枪声,即使再多的瑞普·凡·温克尔(小说人物,他在野外打猎时喝了一种酒,结果睡了20年),也会被吵醒。

由于我带的弹药不是很多,所以每次开完枪后,我都会喊叫几声,希望他们能听见。可是,即便是我喊哑了喉咙,打光了弹药,也没有听见他们的任何回应。我开始恐慌起来,茫然四顾,希望能找到一条活路。我虽然找到了湖,但是与同伴们走散了。正当我不知所措的时候,我听见了一声不太清晰的枪响,于是我赶紧扣动扳机回应起来,然后朝枪响的方向跑去。

然而,我的枪声并没有得到回应,这让我焦急起来。我担心他们把回音错听成了我的枪声,从而越走离我越远。为了找到同伴,我心急如焚,以至于忘记了在树上做标记,这让我后来尝到了迷路的苦头。

同伴们其实一直都在附近,他们并没有走远,我已经听见了他们的呼喊,甚至听见了他们的脚步声。很快,我找到了他们,我们三个又重逢了。

我一边回答他们的询问,一边告诉他们,湖就在这座山下面。要是我们之前从这个位置直接下山,很快就能找到那个湖。

虽然我的衣服因出汗湿透了,但我依然精神抖擞地背起背包,带领他们下山。

我发现这次路上的树木非常茂盛,与我之前走过的路大不一样。但疲惫让我失去了思考能力,我觉得湖就在山下,我刚刚到的地方只不过是湖的尾部,而现在走的方向正是湖的源头。没多久,我们看到一排有记号的树木,于是就沿着这排树木继续前行。树木所指的方向似乎与我们所走的路成一个直角,它一直延伸到了山腰上。我觉得我们所走的路似乎能比树木所指的路更快抵达湖边。

走到半山腰,我看见对面是一个山坡。我转身告诉我的同伴们,湖就坐落在这个山坡与对面的山坡之间,不足一英里,并鼓励他们继续前行。我们很快就到达了山下,可是眼前却只有一条小溪和一片赤杨湿地,显而易见,多年前这里曾是一片湖。我转身对我那已经没有耐心的同伴们说:"我们现在正在湖的上游,顺着这条小溪一直向前走,就到了。"

"那好吧!"我的同伴们回答我,"你就顺着这条小溪走,我们在这里等你的好消息。"

我又变成独自一人了。我想,我们一定是遇到鬼打墙了,偌大的一个湖,愣是从眼前蒸发了。走了一会儿,我依然没看见湖水的影子,于是我爬上了一棵高大的枯树,打算看看四周的地形。当我爬上树顶俯身瞭望时,身下传来一声"咔嚓"的声音,接着,我就像只笨熊一样摔在了地上。不过,我还是看清了四周的情况,附近倒是有个村子,却没有湖。我不甘心就此作罢,便扔下行囊,背起枪继续前行。

我在这片赤杨湿地走了有半英里左右,感觉湖离我更近了一些,因为对面的山呈半圆形,似乎有一片湖水正在它的怀抱里。可是我走近之后见到的,却仍然是一片赤杨湿地。当我穿过这片湿地后,溪水变得湍急起来,水流的声音也变大了。在我听来,这声音无异于是对我的嘲讽。就这样,我带着满肚子懊恼原路返回了。

两个小时后,我拖着疲倦的身躯终于回到了同伴们身边。当时的我疲惫而饥饿,恨不得把心中对托马斯湖的热忱贱卖掉。那是我第一次产生远离森林的想法。就让托马斯独享这片湖吧,也请巫师帮忙看管吧!我开始质疑托马斯也未曾二次造访过这个湖,甚至没人能找到这个湖。

同伴们的体力恢复得很快,他们对这个湖依然保持着高度的热忱。我休息片刻后,吃了一些面包,喝了几口威士忌。这点儿面包和酒对当时的我来说,简直就是最美味的食物了。

同伴们打算继续寻找那个湖,我没有反对,于是,我们再次上路。

一路上,我不断听见鸟儿的歌唱声,他们似乎在为我们加油呐喊。先是知更鸟欢快的叫声鼓舞了我们,接着又传来一只冬鹟鹩的声音。毋庸置疑,这种鸟儿的叫声在鸣禽中当属一流。如果他能像金丝雀那样,在笼子里面吃得好、住得好,那他的声音一定可以超越金丝雀。他不但有金丝雀那样欢快的个性,而且没有金丝雀的叫声刺耳。他的歌声如同高山流水,婉转动人。

我们向来时的路走去,片刻就走到了那排有记号的树旁边,然后我们开始沿着树走。当我们走过这片区域后,一致认为应该靠左边走。顺着这条路,走了大约二十分钟,我们走到了我当时发现湖的那片树林。此时,我才恍然大悟:我的错误在于始终靠着山的右边走,因此走到了山脉的另一边,并最终走进了赤杨树湿地。

现在的我们,欢欣雀跃。须臾,我又一次看见了之前看见的那片天空。

当我们靠近湖时,发现有一只土拨鼠正蹲在离水面几尺高的树根上,这是我们进山后发现的第一只野生动物。这小家伙吓坏了,对于我们的到来,它有些惊慌,不知何去何从。我像个野人一样抓住了它,并将它剥皮抽筋,因为我想把它当做我们的晚餐。

下午阳光和煦,水面上微风习习,波澜不惊。小牛们在对面吃着青草,牛铃声随风送入我们耳中,在荒野中,这声音浑厚而动听。

目前的首要大事,就是去钓一些鳟鱼。随后,我们发现了一个停靠在岸边的木筏,于是,两个钓鱼能手上了木筏,向深水区划去。可是我们钓了老半天,也没见到鳟鱼的踪影。说句实话，我们在这里总共钓到的鳟鱼，还没有十八条。可是在上个礼拜，我们只花了半个小时，就钓到很多条，连邻居们都吃腻了。真是活见鬼，没有一条鳟鱼上钩，它们连鱼饵都没碰一下。到此，我们垂钓鳟鱼的想法就此作罢，转而去捕捉翻车鱼，这种鱼虽然体型不大，但是数量很多，由于它们生活在湖边，因此想要抓住它们并不难。

先将湖边腐烂的水草和水面上的枯树枝拨开，这时你就能看见水底的鹅卵石，然后，你会发现两条鱼正在水中游来游去，眼睛看着四周。但凡有人打算袭击它们，它们便会毫不客气地向来犯者冲去。这些鱼儿有着万达母斗鸡的气势，有着尖利的鳍和脊骨，还有锋利的鱼鳞，若是与其他鱼儿作斗争，它们就是一群恶魔，可是，它们如今面对的是一个饥饿的人，也就难免要成为我们的食物了。说实话，这种鱼虽然肉少刺多，但是肉质却非常鲜美。

稍作休整后，我们感觉精力又回来了。此时已是黄昏，我打算到托马斯湖的出口去，看看那里的鳟鱼是否容易上钩，但同伴们则想继续留在这里，试试自己的垂钓本领。

这片湖的波浪并不大，但想要找到出口，却还是要花上一些时间的。

水面渐渐变窄，约有六至八英尺宽。我继续向前走了大概十五至二十英尺后，水流便落入了山谷，形成了一个小瀑布。我就根据这瀑布流向一直向下走，这段路程呈阶梯状，水流一层一层向下流去。我以为这个地方的鳟鱼应该不少，可是结果却令人失望，不过让我欣慰的是，当我回去的时候，已经钓到了一长串鳟鱼。

当太阳将要落山之时，我又打算去寻找湖的入口，于是即刻启程。

这里的水面如同以往一样，在湿地上缓缓流过。我发现入口处的水比出口处的更加冰冷，冷得有些刺骨，但这里的鳟鱼却非常多。当我准备穿过一片灌木丛时，忽然看见了一只皱领松鸡,他近在咫尺,就在我眼前的树枝上。我后悔没有带枪,便想徒手抓住他,可惜被他发现了。他摇了摇尾巴,从树枝上逃走了。

作为一个鸟迷,我非常喜欢鸟,尤其是那些我没见过的鸟,而且对于鸟也比常人更加敏感。我一走进这片湿地,就被头顶上的鸟叫声吸引住了,他的歌声我从未听过。通过与其他鸟类的叫声作对比,我认为这只鸟儿是林鹟鸰和水鹟鸰的近亲,他的歌声短促而嘹亮,很像金丝雀。听声音,这只鸟就在我头顶上的树枝上,我在树下不断变换着观察位置,可还是没有看见他。当我放弃,并起身走到小溪边的时候,他的叫声又传了过来,可当我返回原地,驻足细听时,他又不叫了。我推测鸟巢应该就在附近,果然,不一会儿,我见到了他,并开枪将他射下。这是一只我从未见过的鸟,除了体型庞大以外,他的样子很像一只小灶莺(又名黄眉灶莺或纽约灶莺)。我感觉自己幸运极了,居然发现了一只从未见过的鸟儿。

对于那些鸟类学的老专家而言,他们未曾见过这种鸟,而我这个鸟类学的初学者却又无法描述他。这种鸟一般在地上或者是腐朽的树上用青苔筑巢。以前有一个朋友写信告诉我,他曾在宾夕法尼亚州的山里见到过这种鸟的蛋,并亲眼见证了雏鸟的出生。论歌唱实力,虽然大嘴灶莺一直雄居榜首,但是,我眼前的这只小灶莺的歌喉倒也轻快活泼。这只灶莺与其他灶莺不同,他喜欢飞到树顶上去,似乎是在捕捉虫子。

我发现,在湖的入口处,鸟儿的种类非常多,这里真是热闹极了。对于我的到来,知更鸟、冠蓝鸦和啄木鸟欢歌笑语,似乎在对我表示欢迎。忽然,冠蓝鸦发出一阵不同寻常的大叫声,我抬头向天空看去,发现有一只猫头鹰或是其他的鹰类,正在天空翱翔。鸟儿们的声音不但悦耳,有时还能报警,如果遇到危险,他们会连声大叫。这只冠蓝鸦的叫声一直持续到天黑。

同时，我还听见了啄木鸟啄木头的声音，在夜晚的森林里非常响亮。这种声音与我以往听见的啄木声大不一样，非常特别，时而停顿时而继续，具有一定的节奏。这种节奏非常稳定，不抢拍也不拖拍，干净利落，如同一种打击乐，先是快速的三次弱拍，休止几拍后，然后敲击两次强拍。

在第二天的傍晚，我又一次听到了这种声音，那是在枯溪的源头——弗洛湖听见的。节奏没有丝毫变化，如同一段旋律，这段旋律是啄木鸟用树干演奏出来的。这种声音散发着一股蛮荒的气息，体现着鸟儿们生动活泼的特性。由于这片林子里，黄嘴啄木鸟的数量最多，所以，我认为这种声音是他们的杰作。至今想来，这种声音都能让我的脑海里浮现出森林的美景来。

太阳下山的时候，皱领松鸡的叫声在林子里此起彼伏。我能同时听到五只皱领松鸡的叫声，"萨普、萨普、萨普、萨普，斯洛－洛－洛－洛洛。"多么美妙的声音啊！

在夕阳照耀下我向营地走去，一路上，我听见了无数只青蛙的叫声。它们的声音洪亮而浑厚，我实在想不出还有什么动物能比青蛙还小，却能发出这么大的声音。有时候，一头两岁的公牛都无法发出像青蛙这么大的叫声。野外的青蛙，不但个头大，数量也多。显而易见，喜欢吃青蛙的人一定没到过这里。我把一棵树推倒在湖里，于是，无数只青蛙便围拢过来，纷纷跳到了树干上，呱呱乱叫，如同一群刚放学的读书郎，欢呼雀跃。

天渐渐黑了下来，我开始煎起鱼来，不小心把锅子弄翻了，鱼全被丢进了火堆里面，我的心情一下子跌落到了谷底，因为我一时的疏忽，把我们唯一的食物毁了。不过，马上我又行动起来，希望能从火堆里抢救出几条鱼来。事实证明，烤鱼的味道不比煎鱼差。

晚上，我们打算就在灌木丛里睡觉。我们先将火堆移开，然后在烧过火的地上铺上一层柔嫩的山毛榉枝叶,最后再铺上水牛毛毯,睡床便大功告成了。而火堆就在我们旁边继续燃烧着,散发出来的烟气,足以驱赶一切毒虫猛兽。或许是太疲惫,我居然一觉睡到了大天亮。

起床后,我再次向湖的入口走去,然后逆流而上,到达水源地。在这里,我又捕获了不少鳟鱼,看来早餐是有英尺下锅了。小牛们在山谷里吃着青草,它们脖子上的铃声悦耳动听。这些小牛,最大的可能也只有两岁。如同上次一样,它们围着我,希望能从我这里得到盐。我想办法又一次甩掉了它们,不过鱼儿们却都被它们吓走了。

这天早上,我们吃了点儿面包后,又把所有钓到的鱼也吃得一干二净,然后打算离开。事实上,我还没有待够,这里的天气非常好,景色又如此迷人,要不是没有干粮了,我绝不会离开。

回去的路上,我们又一次看见了那排有记号的树,我们犹豫起来:是原路返回,还是顺着这排树走下去?为了确保万无一失,我们打算还是顺着来时的路返回。

走了大概三刻钟的样子,这些带记号的树就不见了。我们猜测,之前我们与向导分手的地方就在附近。我们打算就地休息,于是纷纷放下行囊,一个人负责生火,其他两人则负责查看附近的地形,确定我们的具体位置。

在这个地方待了大概有一个钟头,我们依然没找到返回的路。忽然,我找到了一窝小松鸡,他们害怕得缩成一团。接着,一阵松鸡的叫声传来,我转头看去,一只老松鸡正拍打着翅膀朝我大叫。我知道,他这是在转移我的注意力,以便让那些还不会飞的小松鸡尽快躲起来。这只老松鸡非常肥大,似乎无法起飞,走起路来摇摇晃晃,于是我向他追去,却怎么也抓不住他,他连飞带跑,不一会儿就把我甩掉了。垂头丧气的我无功而返,不过,还是让我抓住了一只小松鸡。

我把他放在掌心，他蜷缩着，像刚才一样。我又把他放进了我的衣袖里面，不一会儿，他就跑到我的胳肢窝下，如同回到了安乐窝。

不一会儿，我们看见了一缕炊烟，于是开始争论到底向哪个方向走。虽然我们可以走出这片森林，但是问题是，我们只想回到原来进山的那个地方，并且越快越好，这需要找到一条捷径才行。既想赶快行走起来，又不想走冤枉路。在争论无果的情况下，我们又走回到那排带记号的树旁，然后沿山脊来到小溪边。我们看见身边的景色似曾相识，经过一番确认后，才发现原来我们一直都在原地兜圈子。于是大家又开始争论起来。在寻路无果的情况下，我们最终统一意见，那就是要找一个既能保证我们不挨饿，又能让我们过夜的地方。于是我们又顺着山脊向下走。

没多久，我们发现了另一排带记号的树，这条路跟我们之前走的路形成了一个钝角。这条路一直延伸到山顶后消失不见了，现在，我们又迷茫起来。

这时，有一个同伴起誓道："上帝保佑，你们要是信我的，跟着我向右走，就一定会走出这片森林。"

但是我和另一个同伴却认为，现在应该冷静下来，好好思考一下。但那个起誓的同伴并没有理睬我们的建议，他径直向山下走去，我们只好跟在他后面。这段山路非常陡峭，好像是直通地下的，我们既期待又害怕，但是开弓没有回头箭，我们已经无法回头了。

当我们筋疲力尽地坐在石头上休息时，我忽然瞥见不远处有一片耕种过的土地以及一些屋顶和粮仓。这让我们非常高兴，但是可惜的是，我们不知道，那儿究竟是海狸溪还是磨坊溪，又或者是枯溪。时间不由我们多想，我们决定动身前往。

很快，我们到了山谷里，在我们面前有一条小溪，水流湍急，里面的鳟鱼倒是不少，但我们现在完全没有钓鱼的心情。我们就在沿着这河道向前走去，有时候遇见溪水转弯的地方，我们还得涉水而过。

我的同伴觉得我们在海狸溪，但是根据太阳的位置，我觉得我们应该是在磨坊溪。没多久，小溪两岸的堤岸降低，我们就上了岸，走进了一片树林。七弯八拐地又走上了一条阴暗的林间小路。

顺着这条小路，我们进入了一片铁杉林。看着眼前这茂密的树林，我不禁奇怪，那些伐木工怎么会手下留情，让这片铁杉林如此茂盛，走过这片铁杉林后，我们又走过了桦树林和枫树林。

很快，我们走出了树林，又一次回到了人类世界，再次听见了人们说话的声音。

过了很久，我们才认出这儿是我们之前住过的村子。在林子里待久了，是会产生这种恍惚感的，对熟悉的地方感到陌生。不过，很快，脑子里的记忆如潮水般涌来。我们三个坐下来，开怀大笑，为我们这次冒险能够顺利归来而庆幸不已。

后来，我们找到了营地的其他同伴们，他们预料我们今天能够回来，因此，为我们准备好了丰盛的晚餐。

我们抵达驻地的时候是下午五点，这说明我们足足在森林里待了四十八个小时。如果按照哲学家"时间是种现象"，以及诗人"生命是种感觉"的说法而论的话，我们在山中待的这两天，不说让我们成长了两年，至少也有两个月，同时又让我们年轻了不少，这话虽然矛盾，但是桦树给我们的力量不仅仅是年轻，它还让我们学会了柔韧与刚毅。

——1869 年

冠蓝鸦

松鸡

黑尾蜡嘴雀

旅鸽

○ 蓝鸲

杜鹃

崖燕

蜡嘴雀

蓝鸲成就于大自然，你看他身上的颜色，多么像蔚蓝的天空；你看他不凡的气概，多么像宽容的大地。蓝鸲往往是在春天来临的时候出现在人们的视野中，这也就说明大自然即将要进入和平的时期，没有战争，没有伤害。毋庸置疑，蓝鸲成了和平的代名词，他给人们带来了肥沃的土地，带来了无限的温暖，带来了和煦的春风，带来了寒冬离开的讯息。

初春的清晨，若你听到蓝鸲的首次啼叫，那你可就享受到了大自然唯美的造物了。那天籁般的声音，犹如温润的声声细语直入你的耳边，有柔柔暖暖的情，有坚定不移的誓，或许你还听得到丝丝的淡淡的忧伤。

他在叫着，或许是在呼唤朋友的到来，或许是在悲伤某种东西，又或许是在祈祷天地的与世无争……在这充满温情的呼唤里，他迎来了自己的朋友，从佛罗里达等地来的朋友，飞到这里来可能只是这位远道而来的朋友的爱好吧。

有一种能够分泌糖液的树叫糖枫，或长在纽约，或出现在新英格兰。当蓝鸲的雄鸟率先到达这里的时候，糖枫的产糖期也就开始了，往往雄鸟先到达几天，因为他要为自己的爱妻寻找爱的巢。即使是在先到的日子里，雄鸟也仿佛是神龙一般，不见首不见尾，只能听到他唯美的呼唤声。当所有的蓝鸲都聚集在一起的时候，糖枫也就不再产糖了，也就意味着产糖期结束了。此时，天公也很作美，冰雪融化，土地翻新，万象更新，真是美好极了。

蓝鸲来到我们北方，受到了人们更多的关注，相对于同期到达的知更鸟、菲比霸鹟等候鸟来说，蓝鸲不仅仅是第一个出现在人们的视野里，让人们的眼前一亮的；更重要的是，他带给了人们春的气息，背上蓝天的色调足以让他在一众灰黑的鸟类中独占鳌头。这样看来，引起人们的注意也就是理所当然的事情了。

在英格兰地区，蓝鸲还有另外一个名字，叫蓝色知更鸟，那是因为他的身上有一种跟红色知更鸟相像的气质特征。

细细看来，两者的生活习性很像，所不同的是：首先，蓝鸲的身体更大，估计有两个红色知更鸟的大小；其次，蓝鸲身上的红色出现在胸部，在交界处没有红色知更鸟的橙色鲜亮；最后，红色知更鸟的音色堪称一流，但却缺少一种与春缔结的气息。蓝鸲就不同了，虽然他没有那么宽广的音域，只有柔和的声音，但是，更重要的是他是春的使者，有了他，就有了春天。

在这里，不得不说一点，其实，英国没有蓝色的鸟，天蓝色的就更稀少了。而这片土地常见的是冠蓝鸦、实至名归的靛彩鸦，还要加上蓝色不输给靛彩鸦的大嘴雀。即使是在莺鸟中，蓝色也实属稀少。

让人们觉得更有趣的是，这个国度的蓝鸲确实再常见不过了，东边也好，西部也罢，只要留意，总能发现蓝鸲俏皮的身影。虽然声音有所差异，颜色可能也有所不同，但这都阻挡不了人们对他的喜爱，反而能更深地感受到他的多面性与独特的魅力。

要说这西部的蓝鸲，可谓是独树一帜。单单从色彩上说的话，他的颜色要更加鲜亮动人，接近于深蓝色，或许那是加利福尼亚州独特的天空的颜色；他肩上的羽毛是栗红色的，或许那正代表了加州西部独特的大草原，两者的融合是多么自然呀。如果是在山区见到蓝鸲的话，你还会发现他的胸部不是赤褐色而是蓝绿色，翅膀又尖又长，是不是很令人惊叹？当然了，除了色彩的微小差异外，还有声音的些许不同，西部蓝鸲的歌声更加悦耳动听，**柔美婉转，层次丰富**。

说起蓝鸲的栖息之地那更是有趣。在大多数情况下，他们会扎营于一截树桩或一块树根的洞里。当然，他们一开始的理想可不是这样。一对对欢乐的蓝鹆鸟夫妻，一会儿飞到东，为了一间舒适的鸽子窝心动；一会儿又飞到西，想在燕子大姐留下的小窝里将就一下；一会儿又想向"世鸟"宣称将紫崖燕的巢占为己有。最后，天气渐冷，眼看寒冬就要来了，他们这才紧张起来，也就只能在枯树桩或树洞里安营扎寨了。

在他们的巢里，是最容易捕捉到雌鸟的，你只需将洞口盖住就可以了。这个时候的雌鸟，是不会拼命逃跑的，多数会主动投降。我就经历过这样的事情，雌鸟被吓得浑身筛糠似的抖个不停，两只眼睛里满是害怕紧张，就这么呆呆地望着，在我离开之前，她始终老老实实地待着。直到我后退了，她才敢大叫着冲出来，寻求雄鸟的帮助，眼神里却丝毫没有愤恨的意思，这一点让我很吃惊。要知道，多数鸟儿可是会仇视甚至报复人们的，这不禁让我对他们的喜欢又增加了几分——一群极其善良的鸟儿。

鸟儿像人类一样也有保护自己的方式。比如，在低矮处或地上安家的鸟儿，多多少少都会使出一些手段，让危险远离巢穴；将家安置在树上的鸟儿则是要么将鸟巢隐蔽好，要么将鸟巢安置在高处别人够不到的地方，以确保安全。但蓝鹆却是个特例，他既不会隐藏，也不会使用手段，因此他们的巢很容易被发现。

相对于人类给蓝鹆造成的伤害来说，蛇和松鼠带来的破坏更大。我知道有个男孩喜欢掏蓝鹆蛋，还要把巢里面的雌鸟掏出来。有次，他伸手进去，感觉怪怪的、凉凉的，急忙缩回手来，伴随而来的竟然是黑头蛇的蛇头。吓得男孩一溜儿小跑，而黑头蛇竟然追了上来，最后还是一个手持牛鞭的农夫救了男孩，赶跑了黑头蛇。

要说谁是世界上最欢快、最忠贞的丈夫，非雄性蓝鹆莫属了。他们总是欢欢乐乐地、紧紧地跟在雌性蓝鹆的身后，就像忠实的保镖，把心思全部放在了雌性蓝鹆的身上。可是，雌性蓝鹆仿佛并不领情，她们表现出来的不是欢乐和愉快，而是忙碌和平凡,因为她要抚育后代,要操持家庭,不会在交往的过程中向雄性蓝鸲表达自己的爱慕。而且,她们还很实际,一旦她们的伴侣出现意外死亡了,她们似乎不知道什么是伤心,很快会结识另一个伴侣。这一点,在其他的鸟类中稍好一些,比如啄木鸟啊,燕子啊。刺歌雀还演绎着传统的求爱方式,雌鸟使劲地跑,雄鸟拼命地追赶,看到这一幕,真的很难想象他们会有什么恩爱的结果。

在蓝鸲家族里,雄性不仅是个可有可无的角色,还任劳任怨,毫无怨言。在雌鸟孵化雏鸟的时候,雄鸟会及时送水送食。即便是在选巢址的时候,雄鸟也是忙得不亦乐乎。他会很殷勤地选各种巢址,等待雌鸟来决策。一旦雌鸟决定,雄鸟立即表示拥护与支持。接下来的选料,雄鸟照样要勇敢地飞行于前,保护雌鸟。但真正的筑巢行家却是雌鸟,她会准备好所有适合的材料,亲力亲为,将巢穴打扮得舒舒服服。而雄鸟只需放声歌唱或者热烈地鼓掌即可。小家安顿得差不多了,雄鸟参观一番,出来便会不停地夸赞:"太棒了!棒极了!"随后,两鸟结伴去找更好的材料。

其实,蓝鸲在筑巢时也会遇到棘手的问题,他们就曾与燕子发生过不愉快。根据我的观察,去年这个季节,一对蓝鸲夫妻因为邻居有老鼠还有黄鼠狼的原因,离开了原来的巢穴,来到一所燕子留下的巢里,居住了下来。可是,后来我发现他们居然离开了,便猜想或许是受不了整天叽喳不停的邻居吧。我听人说,一旦燕子的巢被霸占了,他们便会想方设法报复对方,比如会在对方进到巢里面后,用小石子将洞口堵住,这样的报复方式恐怕连人类也望尘莫及啊。

蓝鸲还常与莺鹪鹩发生不愉快。那是好几年前的事了,我在自家的花园里为一对莺鹪鹩提供了舒适的小窝。每一年,他们都会来住。后来有一年,来了一对蓝鸲,他们在这个舒适的小窝里停留了几日,后来居然离开了,最后还是那对莺鹪鹩亲亲热热地在这里居住了起来,享受只属于他们的快乐。

有位叫迈伦·本顿的诗人曾经这样描写过：

他高兴得几乎接近癫狂，全身颤抖，就像刮过的一阵飓风。

这首诗我推测描述的是莺鹪鹩，因为只有他们才整天高歌不断，似乎每一个细胞都在颤动。我安置的那对鸟夫妻就是这个样子，似乎有无尽的歌声来使他们保持一种"震颤"的状态。在这对小夫妻正得意地享受甜蜜之时，一件意想不到的事情发生了。这天早晨，不是一阵婉转的歌声将我叫醒，而是一阵类似于谩骂的声音吵醒了我。原来，这对莺鹪鹩的小住所已经被那对暂住几日离开后的蓝鸲给霸占了。听得出来，这对莺鹪鹩十分愤怒，瞪大了眼睛，使劲地揪扯着羽毛，叽叽喳喳叫个不停，来表现自己的无比愤怒。他们所能做的也不过如此了。不过，如果将他们愤怒的语言翻译成人类所说的话，我敢确定，那将是世界上最无耻恶毒的语言。那是因为世界上没有谁能比得上他们的铁齿铜牙。

蓝鸲一家却保持着沉默，只有蓝鸲先生在莺鹪鹩快要靠近的时候，才会起身迎敌，追得鹪鹩先生都没有地方藏身，只好继续叽叽喳喳地谩骂着、愤怒着。而蓝鸲先生只是注视着他，准备着下一轮的进攻。

时间过得真快，转眼间，蓝鸲的家族已十分壮大，而莺鹪鹩则相当悲惨，但也只得在附近飞来飞去，仍旧谩骂着，心中的愤恨依然不减。终于有一天，一件事情的发生让鹪鹩夫妻心中大快：雌性蓝鸲下了蛋正准备孵出鸟宝宝，但不幸的是，她的丈夫——蓝鸲先生，被一个男孩子用弹弓射杀了。雌性蓝鸲对此没有掉一滴伤心的眼泪，而是收拾东西，舍下一窝鸟蛋，飞走去寻找新的配偶了。她未来的丈夫也许是个英俊的单身雄鸟，也许是个落魄的丧妻雄鸟……这雌性蓝鸲总能找到另一个伴侣。我觉得，在鸟的世界里，雄鸟真的很悲惨，除了充当别人一时的伴侣之外，还有找不到伴侣的可能，可我从没有听过有哪一只雌鸟找不到伴侣的。

其实，导致雄鸟这般悲惨的是其自身原因。雄鸟相对于雌鸟来说，更惹人注意，除了他们的歌声更动人，羽毛更美丽之外，在需要迁移的时候，他们也总是勇敢地飞在队伍的最前面。这样看来，似乎雄鸟是很抢眼的，可是，偏偏造化弄人，除了与雌鸟配对的之外，雄鸟还有剩余，故而雄鸟中会出现孤孤单单的单身汉，在必要的时候他们会填补别人丈夫的空缺。

这个时候，最高兴的莫过于那对鹪鹩夫妻了。他们高兴地歌唱着，似乎歌声更加响亮了；他们快乐地颤抖着，似乎从没有这样愉悦过；他们快乐地飞着，并且以史上最快的速度将雌性蓝鸲下的蛋都扔出了巢外。他们很快就选好了新的材料，将房子重新装饰了一番，准备舒舒服服、快快乐乐地住下去。可是，意想不到的事情发生了。雌性蓝鸲领着新丈夫又回来了。这次，鹪鹩夫妻表现得很平静，纵然心中有无限的怨恨、不满，也只好默默不语，很快就放弃战争，离开了。

雌性蓝鸲很快就发现自己的蛋宝宝不见了，而且鸟巢还有新装饰的样子，或许是因为触景生情，或许是后悔自己急于找新丈夫的草率，她想到了离开。可是，处于甜蜜中的新丈夫却不明白怎么回事，他恳求着她，唱歌给她听，逗她开心，试图说服她回到巢里，可是，雌性蓝鸲总是不为所动。想必，他对她的求爱也是失败的了。这新任的丈夫似乎总是不能让郁郁寡欢的妻子满意，尽管他一直在努力。他站在巢外，不停地叫着、张望着，可是得到的回应越来越少。最终，或许是他也累了，失去了耐心，在寥寥几日之后，他也消失了。夏日里，只剩下一只空空的、充满故事的鸟巢。

——1867 年

★自然的邀请

角百灵

玫胸大嘴雀

紫崖燕

乌燕鸥

很多年以前，那时我还小，喜欢周六和朋友们在长满黑桦和白珠树的林间散步。一次不经意间抬头，我竟然发现一位从没见过的不速之客，他是一只陌生的鸟儿。当时，我们推测那是一只北森莺，但后来事实证明，他是我们那里常常光顾的客人。而在当时那个天真烂漫、充满幻想的年龄段，我竟然以为他是一只从天而降的神鸟。

你看，他身上的斑点是那么璀璨夺目。迫于心中对他的崇拜与好奇，我轻轻地拨开树枝，看到了他身上的白点，但是他仿佛感受到了我的靠近，竟然飞走了。从此以后，我的世界里多了一个魂牵梦绕的对象。这仿佛是上帝给我们的一种无言的启示。原来，即使是在我们熟悉的世界里，就像现在的树林，也存在我们陌生的角落。当时，树林里已经到处都是人们所熟悉的各种鸟类，像知更鸟啊、啄木鸟啊等，估计连富有经验的猎人都没有想到，这里竟然还有他不熟悉的鸟，更何况是普通人呢？

或许是为了追寻儿时的一个梦想，或许是为了重温年少时代的童真，几年后的一个夏天，我带着猎枪，重新踏上了儿时走过千万遍的路，竟然看到了千万种儿时没有见过的鸟类。或许这里就是他们欢乐的海洋，自由的天堂。

对于研究鸟类学的学生来说，没有比发现新的鸟种、制作新的鸟类标本更让人振奋的事情了。所有的好奇和探究行动，都围绕这个进行，因为这里面有无穷的乐趣。这样的新奇与激动，不亚于在野外打猎、河边钓鱼、林间采黑莓等过程中的新发现。原来，大自然真的是个魔术师，藏着数不清的秘密。就连每一根枝条、每一片树叶似乎都有一个惊天动地的秘密。置身于这样一个充满奥秘的世界里，是多么富有激情的一件事啊。哪怕是在深山老林里迷了路，那也是充满挑战的。你可以静下心来，听听山风的声音，或者停下脚步，来跟猫头鹰对话，要是有幸发现某些不知名的鸟类，那你可要乐坏了。

在进入大自然的途中，学习鸟类学的学生比其他人更有得天独厚的优越条件，因为他能更好地自我娱乐，使得旅行不再寂寞。这样的优势，使得他们的路程更加地丰富有趣，或者说还能收获到更多的东西。当其他人振奋不再的时候，他们却可以很快寻找到自己的乐趣。那可能是一只短嘴鸦的叫声，也可能是发现了从没听到过的声音，还可能是意外地收获了一支新鲜的曲子。这些都能使他在自己的国度里快乐无比，就连国王都比不上。漫步在海边的他们想必是世界上最最幸福的人了吧，就连本身晕船的他们，也会因为一只闯入眼前的、不曾相识的海鸥而兴奋不已。

大自然中的奥秘是需要你亲自探索才能发现的，当然每个人满足的程度也是不同的。有的人喜欢看三三两两的鸟飞过，有的人着迷于听到短短的数声鸟叫，有的人更喜欢粗略地浏览，好像要把一切收入眼底似的。因此，他们是不会理解真正热爱大自然的人的。就像当年威尔逊为自己的鸟类研究奔波筹资时，东部的一位州长，还有点儿鄙视地振振有词，说谁也不会为一只鸟捐赠一百二十美元。看来，这位州长是一个不懂怎么去热爱大自然的人。请问阁下，您需要买的是知识吗？当然了，真正的知识是无法买卖，也不可能买得起的。您需要资助的是一种热衷于自然的兴趣，是一种能够更好地带动大自然充满活力的动力，是一方您能在喧嚣中沉静片刻的净土。

昨天真是个好天气，一整天的时间我都腻在充满生机的峡谷里。峡谷边上有棵柿子树，我在捡起落入水中的柿子时，一只林鸳鸯飞过来又飞过去，如此徘徊了一段时间。我想：他可能是想找个不被人打扰的安静角落，不想我在这里，打乱了他的计划。原来，这里的不速之客不止他一个，还有来寻找美味从而留下痕迹的浣熊，神神秘秘地落在树枝上的灰颊鸫。一切都显得那么令人难以捉摸，令人激动不已。

有谁会想到这突如其来的一切所带来的惊喜呢？林鸳鸯、浣熊的足迹，亦或是神秘的灰颊鸫？

要想学习到真正的鸟类知识，是不应该拘泥于书本的，最重要的是要到自然的怀抱里感受感受，跟鸟类来个亲密接触。对于任何学习鸟类学的学生来说，与其放在他面前一个鸟类标本，不如给他一片原野与森林。任何充满朝气的年轻人，都无法抗拒来自大自然的诱惑。

当然了，话又说回来了，书本知识也不是说可以完全抛弃的，还是应该要的。因为书本知识是指引，是邀请，有了它，就像黑暗中有了一丝光明，必要的时候能够事半功倍。到相关的博物馆里参观学习也是获取知识的一种不错的途径。就拿认识"鸟"字来说吧，单单看这个字可能觉得枯燥乏味，这时候不妨来看一幅鸟类的图画或者一个鲜亮的鸟类标本，说不定会有很不一样的发现。这样的话，书本知识就起到了一个航线的作用，使得你在知识的海洋里自由航行。如果你想很好地了解一只鸟儿的话，不妨先从实际中观察他的样子、习性等，然后再到书本的海洋里体会你看不到的东西，相信你会有更完美、更全面的理解。这样一来，也就能很好地体会到鸟类世界的神秘气息了。

鸟类学家们善于将鸟类划分成细小的科目，但凡对鸟类学感兴趣的人，其实只需要记住大的纲目，就可以认识很多鸟类朋友。到现在为止，鸟类基本分为莺、绿鹃等四类。

莺是实至名归的莺属类，林鸟。之所以说他是让人迷惑不解的鸟类，是因为他们虽然活泼有余，但是音量不足，叫声细弱。要想真正地看清他们，是需要徜徉于林间，在丛林茂叶中搜寻他们的身影。若你能感觉到上方有轻微的鸣啾声，还掺杂着少许掠过丛林的声音，那这很有可能就是林莺发出来的。在美国的中东部地区，好几种林莺会出现在那里。在林间、在山区、在低矮的树丛中、在果园、在城市，都或多或少地会有某一种或某几种莺占据主导地位，其中不乏新的鸟种存在，这些都等待着你来探索。

莺的种类随着地理位置的往北而日益增多。到了加拿大，你甚至可以发现十几种莺。首个发现白颊林莺的应该算是奥杜邦吧。5月，这些莺飞过北部地区，或单独行动或成对结伴而行，暴露给人们的是他们黑色的头顶羽毛和带有斑纹的身上羽毛。9月归来时，他们则成了另一副模样，身材变肥了，羽毛也变成了淡褐色的，稍稍带有斑纹。因为他们的行动很敏捷，如果你不留意看的话，很容易错过。

根据我的调查，同样是中部地区的人们，秋季所看到的向南部飞去的莺的种类较少，春季所看到的向北部地区迁移的莺类较多。

秋季的时候，在华盛顿的街道公园，你会经常看到黄腰林莺，他们乐意于流连在那些枝叶已经干枯的树木上，绕来绕去，还伴随着刺耳的尖叫声。

在奥杜邦对莺的描绘的基础上，现在很多作家又对莺作了更详细的划分，并为其配了新的名称，一些专职鸟类学家对这重新划分的部分有着浓厚的兴趣，当然前提是很有价值。

莺属里有很多有个性的莺，比如歌声短促但让人很享受的黑喉绿林莺，正在消失于地球之上的白眉食虫莺，散布于尼亚加拉的白喉林莺等。

还有一种很奇怪的品种，就是兼具莺与纯正翔食雀特点的过渡品种——绿鹃（或小绿鹃）。

绿鹃中最吸引人并以数量取胜的，是红眼绿鹃，他的歌声听起来也是一种美好的享受。绿鹃的形体比莺大，但是羽毛色彩没有莺那么赏心悦目。

在大部分森林里，都生活着大约五种杜鹃。从数量上来说，红眼绿鹃和歌绿鹃最多。另外，还有一位顶级可爱的歌唱家，他就是白眼绿鹃。他习惯生活在又低又矮的树丛里，没有别人的围观，独自爽快地歌唱着，曲子中还带着别的鸟儿的声音，听上去真是既优美，又别具一格。白眼绿鹃的虹膜是白色的，如果不是近距离观察，是不会看清楚的。通常情况下，鸟儿的虹膜是深褐色的，虽然总是被误认为是黑色的。

秋天来临，当树叶像蝴蝶般飞舞的时候，倘若你漫步树林间，常常会发现很多红眼绿鹃的巢，它们在风中摇摆，悬挂于比较低矮的树枝上。采用类似筑巢方式的还有孤绿鹃，不同的是他们常常将巢筑在人比较少的、不容易被发现的地方。

当鸟儿觉得有危险接近的时候，绝大多数会表现得惊慌失措、害怕恐惧，但是红眼绿鹃却不同于普通鸟，他们只会站在枝头上，仔细地观察所谓的侵略者或者危险者，根本没有人们想象中的恐惧，表现更多的反而是警觉。

任何动物，只要是在睡眠状态或即将进入睡眠状态的情况下，都很容易被逮住。那是一个秋天，我发现了一只红眼绿鹃的幼鸟，其实，只要是有点儿常识的人都能看得出，他是那么可爱、憨态可掬地酣睡在一根不算粗大的枝头上，仿佛整个世界都跟他无关。真担心这样的小可爱，会成为凶猛的猎鹰的美餐。我忍不住地渐渐靠近了他，感受到他的呼吸比我们平常人更快更急。其实，大多数鸟儿都是这样的，他们的肺活量要比其他动物的大，这也许就是他们的体温、血压高于其他动物的原因吧。当我不自觉地触摸到他的羽毛时，他是那么害怕，恐惧地叫着，想要挣脱我的束缚。我赶紧还给他自由，便看到他以极快的速度隐藏了起来。我想我不会再这么唐突地打扰他的美梦了。

再来说一说翔食雀吧。他们的数量很多，叫声呢，算不上优美动听，顶多算是号叫吧。但是他们却有很强的个性,喜欢争斗。他们不但在同类之间争斗不断,还常常与邻居发生摩擦。有一种很跋扈的翔食雀叫极乐鸟,这一特点尤其明显。

普通绿霸鹟还有个响亮的名字,叫东林霸鹟。他们吸引人的地方主要有两点。一是他们悲伤的哀叫,能让人不自觉地悲伤起来;二是他们的小巢精致极了,全是苔藓堆建成的。

翔食雀的祖先级别的领袖——菲比霸鹟,归来的时间大致在三、四月份。他们对于自己的栖身之所也没有多高的要求,一般都建在草棚、库房这些地方。

翔食雀捕捉食物的时候喜欢用剧烈的动作,因而你时常会听到"啪啪"的声音,那就是他们在猎取食物。

要说起翔食雀的样子,实在是有点儿让人不敢恭维。他从头到腿都没有什么优美可言,就连飞起来的样子都让人看不下去,甚至有的还在睡觉的时候乱扭尾巴。

在美国,已知的翔食雀种类接近二十种,不用特意地去观看,也能看到其中的五六种。

鸟类也跟人类一样,也是具有音乐才能的群类,比如鸫类。要研究鸫类,不妨先来了解一下知更鸟。虽然知更鸟的样子、飞行等各方面跟其他鸟类没有什么不同,但是,他们更活泼可爱一些。他们时而蹦跳玩耍,时而沉思凝望,时而飞行滑翔,时而栖息歌唱,看到这里,想必你对整个鸫类有个大体的印象了吧。他们既是风度翩翩的绅士,又是歌艺超群的歌唱家,真是让人喜欢。

知更鸟中也有不是林鸟的,除此之外我们还可以看到其他鸟类,像棕林鸫等。当然,还有叫不出名字的鸟类朋友。

要论歌唱的技艺,棕林鸫和隐居鸫真是不分上下,至于两者谁更胜一筹,不同的观众有不同的理解。

奥杜邦在大的雀类的科目下，讲述了将近七十种鸟类。麻雀也好，蜡嘴雀也好，都在其中。

美国海岸的东边，有十几种雀类，除非你是专业的鸟类研究者，否则的话，你能认识的恐怕就很少了。其中有一种是连小孩子都很熟悉的雀类，那就是歌雀。顾名思义，他是那么地爱歌唱。在朦胧的清晨，还有比听到美妙清脆的歌声更让人愉悦的事情吗？

还有一种身体比歌雀大点儿的原野春雀，又叫黄昏雀。他们有浅灰色的羽毛，歌声也十分动听。他们将巢安置在地面上，这一点真是令人多少有些费解。也因此，我散步于林间的时候，时常会惊扰到他们。若是在白天受到了打扰，他们多半会快速飞离现场，但是，一些游众的惊扰也会使他们的羽毛沾上灰尘。他们的娱乐场所也不怎么讲究，不是在耕地上嬉戏，就使在石头上蹦来蹦去。威尔逊·弗拉格根据他们喜欢在黄昏时分鸣叫的特点，为他们取名为黄昏雀，真是名副其实啊。

稀树草原雀，顾名思义是出现在草原上的，当然在一些低矮的湿地你也能看到。你可以根据他们的叫声辨认出他们。沼泽雀，想必你已经知道了，对，就是出现在沼泽地里的。

秋天的时候，狐雀会从北方飞到我们这里，他们可是雀类中最美丽的，个头最大的。差不多同时来的还有树雀。

说了最大的，不得不提一句最小的，那就是群织雀，他们也是仅有的一种在树上安家的雀类。

作为同一个家族的成员，几乎所有的雀类都有短短的嘴巴、略微分叉的尾部。紫朱雀在音乐方面的表现是无雀能及的。

当然了，上面我所提到的只是鸟类中的冰山一角，还有很多其他种类的鸟儿是我不曾提及的，其中包含了人们所了解的很多鸣禽。有的鸟类没有同类伙伴，比如刺歌雀。

鸫鹩是一类很有趣的鸟，他们有多重身份，既是鸣禽，又具有完美的歌声。其中有种在北方生殖繁衍的鸫鹩，人称冬鸫鹩，它的歌喉很是让人难忘，音调准确，音符连贯，回味无穷。

有种戴菊鸟竟然被威尔逊称之为鸫鹩，要知道，他们除了歌声跟鸫鹩差不多之外，没有其他相似的特征。布鲁尔医生也曾经一度被戴菊鸟这种小体型鸟的歌声打动，但是，他对体型如此小却能爆发如此大能量的戴菊鸟类持怀疑态度，宁可相信那是冬鸫鹩的歌声。不过，我倒觉得红冠戴菊鸟是有这样的能力的。

现在，似乎我们应该说下一个主题了。奥杜邦关于鸟类的阐述是再详细不过的了。但是，就价格来说，他的著作比大多数作家的都贵。可是，人们不得不承认，他画的鸟图逼真传神，他对工作的积极性及认真劲儿无人能及。就拿他写的那首关于大雁的诗来说吧，人们读来往往满怀激动，满眼的热泪，从而忽略了他那繁长的文本。

与奥杜邦一样具有高超识鸟技艺的是纳托尔。在奥杜邦的眼里，白眉灶莺跟欧洲夜莺的叫声是相同的，人们相信了这一说法。事实上是，欧洲夜莺的歌声要更加悠长婉转。还有，实际上蓝色大嘴雀的歌声跟刺歌雀的歌声也是两种不同的风格，并不像奥杜邦所说的那么相似。再有就是，林鹬鸽的叫声也并非像他说的那样由强劲有力到柔弱无力，而是以低音域开始，以尖叫声结束。

奥杜邦的长篇巨制很令人惊讶的一点就是错误很少。他的描述跟我的观察对比，只有一件事是不同的。那就是，他说刺歌雀春天向北部迁移的时候是在夜间飞行，而秋季向南方迁移的时候不是在夜间，我却在华盛顿连续四年的秋天里在夜晚听到他们南飞时的叫声。奥杜邦的一生似乎都是在研究鸟类中度过的，在他的著作中，你可以认识四百多种鸟类。倘若在生活中，你发现了一种书中没有涉及的鸟类，那你可就真的要感到光荣了。初秋的一天，我散步的时候，发现了一只从没有见过的鸫类，他的腿很长。我用石头将他打落在地，发现真的是一张陌生的面孔。除了大长腿之外，他还有很宽的尾羽以及绿色的羽毛。后来的证明，真是让人欣喜若狂，原来他就是灰颊鸫。人们对他的了解仅限于知道他在北方繁衍，更别说听到他的叫声了。

后来在华盛顿附近我又见到一对灰颊鸫，体型跟棕林鸫差不多，只是身上没有黄色或褐色的羽毛。而小灶莺跟水鹨鸰是同父异母的兄弟，他们一般将巢安置在偏北的地方，叫声响亮得很，可是在书中我们却没有见到过他们的影子。

后来，在奥杜邦著作的基础上，人们又增加了三百多种鸟类，其中大部分是西部或北部的鸟，而奥杜邦的观察则没有涉及到这两个区域。

很有意思的是，有些西部的鸟跟东部的鸟基本一样。比如生活在西部的杂色鸫，似乎就是生活在东部的知更鸟。西部的红翅啄木鸟跟东部的高洞鸟基本一样，只不过羽毛的颜色稍有不同罢了。还有西部的很多鸟，都能从东部找到类似的影子。

西部有种云雀，顾名思义，他甚至能飞入云端，叫声让人痴迷。很明显跟东部的鸟类有亲属关系。

9月，一个通信者跟我交流说，他见到了一种新奇的鸟类，他们将巢安置在地面上或者树枝上，还会步行。真是稀奇得很。后来，他还寄了一个鸟皮标本给我。如我所料，是小百灵。他们通常穿梭于美国北部，三个一群，五个一伙，或寻找食物，或冲向天空，尖叫着。他们竟然在冰冷的岩石中繁衍。根据相关的资料，我确信在8月的高山上会发现他们的身影。雄鸟直入云霄，叫声虽短，但美。他们喜欢步行。这恐怕是不多见的地鸟的特征。到现在为止，大部分地鸟都是跳跃的，就像雪鸦，他们走起来是双脚一块儿跳跃的。在地鸟中，水栖的、半水栖的通通是步行的使者，比如燕子，也是步行者，只是姿态不是那么优美，而百灵则优雅多了。

百灵家族的成员或者亲属，除了步行之外，还都有边飞边歌唱的技能。在空中能够进行各种姿势、各种花样的翻腾。

刺歌雀也会如此，还会让人联想到英国云雀，两者简直可以相提并论。

在密西西比河东部地区，除了常见的能飞能叫能走的鸟类之外，还有水鹨鸰和林鹨鸰。林鹨鸰的走路姿态尤其吸引人们的眼球。他飞行时的啼叫貌似还没有被发现，但是一定会有。倘若在6月，下午亦或傍晚来此，定会有这样的收获。为了听到橙顶灶莺的叫声，我曾经来到一座秃顶的山头。调皮的鸟儿会在我身边逗留片刻，更多的时候是在高一百英尺的地方飞来飞去。他从低处直冲云霄，尖叫着，再俯冲下来，动作一气呵成，简直是个完美的体操运动员。

我的这种结论来自几年前的观察结果。一次散步，让我结识了上述鸟类中的一只鸟。我欢快地欢迎他："快来我这里来啊，我就是专门为你来的。"他仿佛听到了我的心声，腾空而起，伴随着尖叫声，还有我的证实。

鸟类的生活里，最重要的莫过于食物了，而鸟类最担心的莫过于初春时候食物是否充足。大自然这位造物主造就了鸟类储存食物和脂肪的机能，可是有时突如其来的天气变化还是会对他们的生命造成威胁，有的甚至会被饿死。我就遇到过这样的情况。

3月的早期，常常还是比较寒冷的。这个时候的蓝鸲也需要寻找更温暖舒适的巢。天渐渐黑了，风渐渐大了，他们始终在奔波着寻找合适的安全的温暖的港湾。或是房檐下，或是百叶窗里，或是门窗边上。有个带小洞的水泵成了他们眼中的救星，他们接二连三地飞进去，又接二连三地飞出来，因为他们觉得这里不是很安全。我伸手进去，竟然捉到了三个还在酣睡中的蓝鸲。

秋天不仅仅是收获的季节，还是肥胖的季节，很多物种在这个时期都会变胖。鼠类此时会准备很多过冬的食物，而鸟类只能将食物以脂肪的形式储藏在体内，以应对寒冷的天气。寒冬，我射到一只赤肩鹰，剥开皮毛后我竟然发现了很厚很厚的脂肪，不但可以御寒，还可以弥补体力的损失。

短嘴鸦也有类似的情况。他们每天都要吃肉，但是在不容易找到食物的冬季或者初春，他们的食肉量就要减少了。但是，我认为，即使他们两个星期不吃肉也不会饿死。同样的道理，家禽也是如此。我一不小心将一只母鸡关在了没有实物、不能御寒的库房十八天，十八天后，当她被发现的时候，竟然还活着，只是很瘦弱了。但后来，她又慢慢恢复了体重。

对于寒冷的恐惧是所有鸟类先天具有的特征，而对于人类的害怕则是后天形成的结果。先前的蓝鸲是不害怕人类的，只是有时候会好奇或者警觉。猎人一般都会有这样的经验，经常光顾的树林每次的收获大抵相同，而去一次不常到的树林则会收获颇丰。贝尔德教授曾经说过这样一件事，一位通信者到了太平洋的一个小岛上，很显然，这个小岛还没有出现在人们的视野中。岛上的所有生物都是那么地亲近他，一点儿恐惧感也没有，用子弹射杀的方式毫无疑问是浪费，只需做一个绳套便可以将驯服的鸟类或者水禽捉到手，容易极了。最大胆的就是嘲鸫了，他会跳到你的桌子上，将桌子弄乱，一点儿也不害怕。

梭罗说过，在一座森林里，加拿大鸦会跟工人们一起吃饭，或者从工人手里抢夺食物。

虽然后来，鸟类认定了人类是天敌，但是不可否认的是，人类的文明还是对鸟类有所帮助的，特别是对一些小的种类。苍蝇、飞蛾等新的昆虫，还有新的植物，都会使大地更加生动起来。

很多鸟类，像百灵，就是食用植物的种子的。这些新的物种的出现，无疑是对他们极大的帮助。还有那么多的鸟儿以此为食，又怎么会到苍茫的森林中去呢？

在人类的生活中，有很多鸟儿已经被驯服，像麻雀、燕子。特别是燕子，已经放弃了原本的悬崖峭壁，转而栖身于人类的房檐之下。

我们认识不少的地鸟，甚至还读了关于鸟类的权威性著作，但是对于水禽方面的知识，还是很薄弱的。事情是这样的，当时我在度假，有人来访，拿着雪茄烟。我起初以为是推销雪茄的，并且想好了拒绝的理由。没想到他带来了一只鸟，说这儿的人都不认识，听说我有很渊博的鸟类知识，就想让我看看。可是，当他将鸟递给我的时候，我竟然吃惊了。这真是一只怪鸟。有燕子的体型，鸽子的大小，羽毛一半黑一半白，还有半蹼足，真是奇怪。看来我要想解答这个问题，需要查看更权威的著作了。

这只鸟是因为飞累了才落下来的，被捡起来的时候刚死去。我后来得知，这是一只乌燕鸥。可是他似乎不应该出现在这么靠北的地方。看来，他能飞到这儿来，真是不一般。后来解剖发现，他竟然是饿死的，他身上一点儿脂肪也没有了。飞过这么遥远的距离，真是难为他了。这真是另一只伊卡洛斯啊。伊卡洛斯也是因为长距离的飞行疲惫饥饿而死的。

人们喜欢称呼乌燕鸥为海燕，顾名思义，整日在海面上盘旋，捕捉食物。他们的种类虽然不算很多，但是都具有不同凡响的魅力。

——1868 年